# L'AMOUR FOUDRE

Henri Gougaud est né à Carcassonne en 1936. Homme de radio, parolier, chanteur, poète et romancier, il partage aujourd'hui son temps d'écrivain entre les romans et les livres de contes.

Henri Gougaud

# L'AMOUR FOUDRE

## Contes de la folie d'aimer

*Éditions du Seuil*

TEXTE INTEGRAL

ISBN 978-2-7578-0262-5
(ISBN 2-02-037510-9, 1re publication)

Quiconque fait cent pas sans amour marche à ses propres funérailles.

WALT WHITMAN.

J'ai trois préférences :
le parfum parce qu'il renferme le secret des femmes,
les femmes parce qu'elles renferment le secret de l'amour,
l'amour parce qu'il est la seule prière de l'univers.

MAHOMET.

# L'empreinte

Enfant aimé, curieux de tout, sais-tu pourquoi sur ton visage est un sillon creusé entre le bas du nez et le milieu des lèvres ? Écoute donc, c'est un secret.

Dans la maison céleste où tu vivais avant de naître tout n'était que paix et savoir. Il fallut un jour la quitter. À l'heure juste, ton père d'En-Haut t'a dit :

– Va.

Il a ouvert la porte. Tu as découvert devant toi des chemins innombrables, des monts, des plaines, des villes, des forêts. Tu t'es effrayé. Tu as dit :

– Comment vivre dans ce chaos ?

– Tu dois aller, a répondu ton père. Quelque chose te manque ici, qui est en bas.

Il t'a serré sur sa poitrine. Tu as senti battre son cœur. Tu as pensé qu'il ne pouvait te chasser ainsi de sa bienheureuse maison. Tu lui as dit :

– Tout ici est lumière. Que me manque-t-il donc ?

Ton père a murmuré :

– La nuit, l'incertitude.

Tu ne connaissais pas le sens de ces paroles. Tu as gémi, tremblant :

– Qu'y a-t-il donc de si précieux dans le doute, dans les ténèbres ?

– La foi que rien ne prouve, a répondu ton père, le désir pur, la confiance ignorante. Pour l'atteindre, mon fils, il te faut oublier nos savoirs infinis.

Il a souri. Il a murmuré :

– Chut !

Il a posé l'index au travers de ta bouche afin que désormais tu ne puisses plus dire ce que de toujours tu savais, puis il t'a poussé dans ce monde. Ce sillon creusé là, entre le bas du nez et le milieu des lèvres, vois, c'est l'empreinte de son doigt.

# Savitri

Le roi Ashvapati entrait dans son grand âge. Il n'avait pas d'enfant. Il s'en désespérait. Tous les soirs dans son oratoire, penché au bord de l'infini il appelait, il suppliait, il tentait de convaincre une âme, parmi celles qui vont sans corps, de venir au monde chez lui, puis il rejoignait son épouse et vaillamment il l'étreignait. Neuf ans il fit l'amour sans fruit, neuf ans il pria sans réponse. Un jour enfin quelqu'un cogna contre le ventre de la reine. Une fille, dirent les astres.

– Qu'elle soit bénie, dit le vieux roi.

Et sa bouche baisa le ciel.

Elle naquit amoureusement, sans faire aucun mal à sa mère. À l'instant où elle vit le jour les oiseaux firent silence dans le jardin, la brise aussi, et le soleil levant, pour saluer sa vie, ôta son bonnet rouge. L'accoucheuse posa l'enfant dans les mains tendues de son père agenouillé au pied du lit. Tous deux se contemplèrent, prodigieusement étonnés de se découvrir ensemble dans la paix d'un même matin, puis elle essaya de saisir un éclat de lumière sur sa joue. Elle lui sourit. Il murmura :

– Ô Savitri !

C'était le nom d'une déesse. Ce fut celui qu'il lui donna.

À dix ans d'âge Savitri était belle comme la source qui reflète le ciel sans rien savoir de lui. La grâce de son corps guérissait les esclaves du malheur d'être nés. Le roi, dès qu'elle venait à lui, joignait les mains devant sa barbe et restait à la contempler, deux soleils rieurs dans les yeux, comme un mendiant au paradis. Ébahis de bonheur ému, ainsi laissait-elle les êtres. Seule un jour une lavandière sut parler d'elle et lui parler comme tous, lettrés et vizirs, gens de ménage, courtisans auraient aimé savoir le faire. C'était l'heure du crépuscule, auprès du lavoir du palais. Savitri jouait sous l'auvent. L'humble femme s'approcha d'elle et se tint là un long moment, les yeux captifs de son visage. Comme le regard de l'enfant lui demandait ce qu'elle voulait :

– Fille, ma lampe s'est éteinte, lui répondit l'extasiée. Permets-moi de la rallumer au pur éclat de ta beauté.

Belle elle était, sage elle devint dans la bibliothèque royale et par les sentiers des jardins où elle apprit les langues vives du vent, des arbres, des oiseaux. Auprès de Narada, le familier des dieux et l'ami de son père, elle explora jour après jour les royaumes de la raison, de la mémoire, de la science, des cinq sens, du chant, du silence, et s'éblouit à découvrir que la vie était plus féconde et plus vaste qu'elle n'avait cru, même en rêve. Un soir d'été, comme ils allaient par les ruelles de la ville :

– Certains êtres, dit le vieux maître, s'exaltent au spectacle du ciel, d'autres à dicter des lois et gouverner des villes, d'autres à creuser le sens des ouvrages profonds, d'autres encore à courir les mers. Et toi, fille, dis-moi, qu'attends-tu de ta vie ?

– Un homme bien-aimé, répondit Savitri.

Elle avait dix-huit ans. Ce jour fut le dernier de sa studieuse enfance. Narada la raccompagna jusqu'à la porte de sa chambre.

– Veuille le Créateur que ton chemin soit long, et qu'Il t'apprenne plus que je n'ai su le faire, lui dit-il. Ne crains pas les déserts, les démons, les orages. S'ils n'encombrent pas ton esprit, tu ne les rencontreras pas. Les dieux t'ont donné le voyage. Fais de tes jours un beau récit.

Le lendemain matin, comme elle rêvait à son balcon, tandis que vers elle montaient les mille bruissements et parfums épicés du marché de la vieille ville, son père vint la visiter avec ses proches conseillers.

– Mon aimée, lui dit-il, j'ai aujourd'hui à te donner un ordre qui m'émeut. J'ai consulté cette nuit même le livre d'oracles antiques qui ne quitte pas mon chevet, et ces mots redoutés sont montés à mon œil : « Il est temps de donner à Savitri ta fille l'époux qui tiendra la lanterne sur le droit chemin de sa vie. » Par pitié, ne t'offusque pas. La pudeur est à la pucelle ce que la saveur est au vin, je le sais, moi qui t'ai vue naître. Mais les cœurs à errer ne goûtent que poussière. Il te faut donc lâcher ma main pour celle de je ne sais qui, qu'importe, pourvu qu'il soit noble et sache planter dans ton ventre le prochain roi de ce pays.

Savitri un instant demeura l'œil lointain à savourer la brise aux marches du palais et les bruits des métiers, les ombres, les soleils, la cohue nonchalante, puis désignant au roi un vannier guenilleux auprès d'une fontaine, environné d'osier, de nattes, de paniers :

– Vois-tu cet homme ébouriffé à la tunique bleue ? Son nom est Satyavant. Aucun autre que lui ne sera mon époux.

Ashvapati ouvrit la bouche, hoqueta, la face rougie et le front soudain tourmenté. Il se tourna vers Narada. Le vieux devin lui dit :

– Seigneur, ce Satyavant que ta fille a choisi est pauvre, certes, mais il est fils de roi. Son père fut jadis chassé de son royaume par un prince-démon travesti en vizir.

Ashvapati se redressa, à nouveau fringant comme un arbre après une ondée de printemps.

– Fils de roi, dis-tu ? Sois béni. Parle franc. Est-il courageux ? Est-il droit ? Maître de ses sens ?

– Ardent est l'esprit de cet homme, seigneur, répondit Narada.

– Est-il généreux ? Bienveillant ? Attentif aux peines des femmes ?

– Comme un soleil, tel est son cœur.

– Son pays du dedans est donc un beau royaume ?

– Admirable, seigneur, autant qu'hospitalier.

– Et le ciel de son âme, est-il bien étoilé ?

– Seigneur, répondit Narada, sombre est l'avenir de cet homme. Ta fille ne peut l'épouser, elle en souffrirait gravement.

Savitri lui bondit devant, les joues pâlies, l'œil orageux. Narada la prit par l'épaule et la serrant contre son corps :

– Le temps de vie de Satyavant est presque épuisé, sache-le. Les dieux me l'ont dit. Il l'ignore. Dans un an jour pour jour il franchira le seuil du royaume des morts.

– Ma fille, dit Ashvapati, ces paroles m'accablent autant qu'elles t'épouvantent. Renonce à t'unir à cet homme. Le fil de son destin, hélas, est trop ténu.

Savitri répondit :

– Mon père, un seul cœur bat dans ma poitrine, et ce cœur à Satyavant je l'ai donné. Un seul corps me fut offert pour traverser le monde, et ce corps à Satyavant je l'ai promis. Une seule parole a franchi mes lèvres le jour où pour la première fois Satyavant m'est apparu au bord de la fontaine où il vend ses paniers. Cette parole fut : « Homme, à toi je serai. » Je ne reprendrai ni mon cœur, ni mon corps, ni ma parole. N'aurais-je auprès de Satyavant que le temps d'une nuit à vivre, je ne voudrais pas d'autre époux. À lui je suis, quoi qu'il advienne, pour le temps que Dieu le voudra.

– Intrépide est ta fille, seigneur, dit Narada. À vouloir arracher de son âme l'amour qui la tient à Satyavant, assurément tu arracherais son âme même. Accorde-lui ce mortel pour époux, malgré la peine qui t'étreint.

– Mon savant conseiller, gémit Ashvapati, toi qui sais voir les avenirs insupportables, tu parles en homme de bon sens. Par les dieux qui m'ont fait humain, je me rends à la vérité. Même un roi ne saurait gouverner la tempête. Ma fille, je te bénis donc, et qu'advienne tant bien que mal ta redoutable volonté !

Savitri salua son père et courut aussitôt dehors. Parmi la foule, sur la place, elle s'approcha de Satyavant. À deux pas de lui elle fit halte. Elle lui sourit.

– Fille, dit-il, ne me regarde pas ainsi. N'as-tu pas pitié de mon cœur ? Je crains qu'il ne sache plus battre quand tu te seras éloignée.

– Je veux vivre avec toi jusqu'à mon dernier jour, répondit Savitri. Homme, prends-moi pour femme.

– Hélas, dit-il, vois, je suis pauvre. Je ne peux rien t'offrir qu'une maison de terre et une corbeille d'osier pour y endormir nos enfants.

– Je ne veux rien d'autre que la place de l'aimée dans ton cœur.
– Bonté divine, dit Satyavant.

Ce soir-là Savitri franchit le seuil de sa masure et s'offrit à l'humble vie des simples. Dans sa robe elle tailla une chemise neuve pour son époux, puis bravement elle s'attela aux mille travaux du ménage, cuisina, fleurit la maison et parfuma le lit de paille où tous les soirs son bien-aimé caressait et baisait son corps. Son bonheur eût été limpide si la pensée de la mort n'était sans cesse restée à rôder comme une bête au mufle obscur à la lisière de son esprit. Certes, pour se donner courage, elle se disait obstinément : « La vie est comme un conte, qu'importe sa longueur, seule vaut sa beauté. » Mais le souci la reprenait sans cesse à voir Satyavant s'épuiser pour un profit de portefaix.

Le temps passa le long du fleuve où ils allaient tous les matins couper l'osier parmi les herbes. Au crépuscule ils revenaient à leur maison de terre aux fenêtres étroites, le dos chargé de lourds fardeaux. Ils allumaient le feu, puis ils dînaient de peu, et Satyavant parlait de la beauté d'aimer. Savitri souriait à peine. Elle écoutait bruisser la nuit. « Demain, un pas de plus vers la mort de mon homme, se disait-elle. Aurons-nous un jour un enfant ? » Satyavant murmurait :
– Pourquoi donc trembles-tu ?
Elle répondait :
– J'ai froid.
Et ils roulaient ensemble auprès du feu flambant.

À quoi bon conter leurs amours, leurs peines, leurs ravissements ? Qui n'a jamais aimé n'y saurait rien

Elle le fit s'allonger à l'ombre d'un feuillage, prit sa tête, la caressa, la tint serrée contre son ventre, chercha, le regard affolé, çà et là, sur la rive, une aide.

Parmi les herbes hautes elle vit venir un homme. Sa peau était sombre, tannée, son regard impassible et noir. Il était dans son manteau rouge semblable à une plaie au travers de la brise. Il tenait une corde courte. Savitri déposa près d'elle le visage de Satyavant, se dressa.

– Qui es-tu ? dit-elle.

L'être s'approcha d'elle et son long vêtement ondula dans l'air doux.

– Fais-moi place, femme, dit-il. Je suis Yama, le roi des morts. Ton époux Satyavant a épuisé son temps de vivant ici-bas.

Il posa un genou à terre, il se pencha, il tira l'âme de la bouche de Satyavant, la lia au bout de sa corde, sur son épaule il la jeta et s'éloigna le long du fleuve. Savitri courut après lui, le rejoignit, tira sa manche. Il s'arrêta, se retourna. Elle vit une lueur vivante traverser son regard gelé.

– Femme, dit-il, qu'espères-tu ? Lave le corps de Satyavant et prépare ses funérailles. C'est ton devoir. Accomplis-le. Rien d'autre ne t'est demandé.

Elle lui répondit :

– Roi des Ombres, l'épouse va où va l'époux. Ce n'est pas sur le chemin de la mort que je marche, c'est sur le chemin de l'amour.

– Femme, lui dit Yama, ta parole m'émeut mais sache qu'elle est vaine. Je conduis Satyavant où vont tous les mortels au terme de leur temps.

Il reprit son chemin. Elle le suivit encore un instant en silence, puis l'œil soudain ensoleillé :

– On dit qu'il suffit de marcher sept pas en compagnie d'un être pour mettre au monde une amitié.

– C'est vrai partout dans l'univers, du haut des cieux en ce bas monde, répondit l'obscur compagnon.

– Nous voilà donc amis, toi et moi, roi des morts, nous avons cheminé ensemble assez longtemps !

Yama baissa le front. Sa face disparut sous son capuchon rouge.

– Savitri, lui dit-il, ta bonté m'est précieuse et je veux l'honorer. Hors la vie de ton Satyavant que j'emporte où il doit aller, demande et tu seras servie.

Elle répondit :

– Dyumatsena, le père aimé de mon époux, fut un roi sage et valeureux. Par traîtrise il fut chassé de son royaume. Il vit aujourd'hui dans la forêt, aveugle, vêtu de pauvre laine et bienfaisant à ceux qui l'environnent. Yama, rends-lui ses yeux, son peuple et son palais.

– Il en sera ainsi, dit l'être au manteau rouge.

Et comme il reprenait son chemin lent et droit :

– Va maintenant, femme de bien. Cours annoncer à ce vieil homme qu'à l'instant où mourut son fils, sa dignité lui fut rendue.

– Sois béni, roi des morts, répondit Savitri. Sache pourtant que je ne peux me séparer de Satyavant. Tant que mes pas me porteront, à son côté je marcherai. Auprès de lui je ne crains rien, ni mort, ni chagrin, ni douleur. J'ai confiance en notre voyage.

À nouveau Yama s'arrêta. Il dit :

– Nous voici parvenus aux frontières de mon royaume. Je ne peux pas prendre ton âme. Long est ton temps dans cette vie.

– Avons-nous donc tant cheminé ? Qu'importe, auprès de Satyavant, où que j'aille je suis vivante, et tant qu'il est auprès de moi, où qu'il aille il ne peut mourir.

– Tais-toi ! gronda le roi des morts.

Vivement elle lui répondit :

– Yama, comme ta voix se fend ! Tu fus humain, tu l'es encore.

Ils étaient au bord de la brume. Des hirondelles derrière eux traversaient le ciel à longs cris. L'être sombre serra le col de son long manteau qui jouait avec le vent du crépuscule.

– J'ai connu le monde, dit-il. Je fus le seul parmi les hommes à s'être aventuré, par passion de savoir, au-delà des jours et des nuits, voilà pourquoi les dieux ont voulu que je sois le roi de ce pays où personne après moi n'a pénétré vivant. Savitri, tes paroles ont réchauffé mon sang. J'en éprouve une peine étrange. Elle me fait mal, elle m'est un bien. Il me plaît de te faire encore une faveur. Hors la vie de ton Satyavant que j'emporte où il doit aller, demande et tu seras servie.

– Mon père Ashvapati n'eut que moi pour enfant, et je m'en suis allée. Accorde-lui cent héritiers aussi hauts et mâles que lui.

– Il en sera ainsi, répondit l'être sombre. Mais pour toi, Savitri, ne désires-tu rien ?

– Un fils, Yama, un seul. Un fils béni des dieux.

– Il te viendra bientôt, et tu seras heureuse. Adieu. Tu ne peux pas m'accompagner plus loin.

Elle resta là, rieuse, au bord de la rivière. Il s'en fut et revint. Il murmura :

– Va-t'en.

– Ne m'as-tu pas promis un enfant ? lui dit-elle. Comment me viendrait-il si je n'ai pas d'époux ?

Un sourire mélancolique traversa les yeux de Yama. Il posa sa corde dans l'herbe. À gestes lents il s'affaira. L'âme de Satyavant fut bientôt déliée.

– Avec celui que je te rends vous vivrez cent années paisibles, et votre enfant sera le roi le plus sage des mille temps. Adieu, bien-aimée. Sois bénie. J'espérais être un jour vaincu.

Il se défit en brume rouge.

En hâte elle s'en revint à son époux couché dans le parfum des joncs. Elle s'assit près de lui, elle souleva sa tête. Il grogna, il ouvrit les yeux. Il dit :

– Ai-je dormi longtemps ?

Savitri répondit :

– Vois le soir qui descend. Es-tu bien reposé ?

– Rentrons, dit Satyavant.

Il baisa les mains de l'aimée, il se dressa, il s'étira. À leur maison ils s'en revinrent dans le crépuscule embrasé.

# Les gazelles et la fourmi

On dit que le roi Salomon, un jour qu'il était fatigué de ses palais et de ses femmes, s'en fut méditer au désert. Or, comme il cheminait à longs pas dans le sable, au bout de sa sandale il vit une fourmi qui marchait, le front bas, têtue comme au labour, refusant l'abri des cailloux, la halte au frais des herbes rares. Salomon, la voyant si brave et obstinée, se pencha sur elle. Il lui dit :

– Petite bête, où vas-tu donc avec une hâte aussi droite ?

Elle répondit :

– Grand roi, ne me retarde pas. Je cours où mon âme m'appelle, à la poursuite des gazelles.

Salomon haussa les sourcils.

– Amie, dit-il, l'œil amusé, je connais ces sœurs du désert. Elles sont si vives, si légères qu'elles semblent jouer avec Dieu. En vérité, que sais-tu d'elles ? En as-tu déjà rencontré sur tes minuscules chemins ?

– Hélas non, répondit l'insecte, mais j'ai vu leurs ombres passer. Leur miraculeuse beauté m'a pris l'âme, le cœur, les sens. Je ne peux plus vivre sans elles.

Le roi des rois s'agenouilla, la prit sur le bout de son doigt.

– Tu rêves, lui dit-il. Tu voudrais les rejoindre ? Elles franchissent d'un saut la dune que tu escalades en cent jours ! Qu'espères-tu ? À les poursuivre, tu dégringoleras bientôt dans une empreinte de leur course et le vent t'enfouira dedans. Abandonne tes illusions. Retourne auprès de tes pareilles que tu n'aurais pas dû quitter !

– Je sais que la raison t'inspire, ô roi des rois, dit la fourmi. Mon pas est court, ma vie n'est qu'un jour de la tienne, mon ciel n'est pas plus haut qu'un brin d'herbe naissant. Je ne suis rien, j'aspire à la grâce parfaite. J'avoue que c'est une folie. Mais qu'importe à mon cœur aimant ? Le désir me tient, il me pousse, il ne me laisse aucun repos. Je me soumets à ce qu'il veut, et la mort ne me sera rien si elle me prend sur mon chemin, à la poursuite des gazelles.

## Simigdalénios

Un vieux roi avait une fille. Vint le temps de la marier. Depuis dix-huit ans qu'elle vivait elle était toujours aussi belle, aussi vive et tendre qu'une aube, aussi gaie qu'un ange à Noël. On invita des prétendants. Le palais s'emplit de poèmes, de révérences, de murmures et de bruits de talons dorés. Cent bouches baisèrent la main de la princesse en robe neuve. Elle ôta ses doigts des moustaches, baissa le front, fit la grimace, et dit cent fois qu'elle n'aimait pas.

– Veux-tu ma mort ? grogna son père. Tu as là soixante-dix princes, vingt conquérants, trois philosophes, un artiste et six armateurs. Par les seins de mère Nature, que faut-il pour te contenter ?

– Un homme, répondit sa fille.

Et puisqu'elle n'en voyait aucun, parmi ces gens, qui lui parût assez parfumé de bonheur pour lui embaumer sans effort les cent ans qu'elle avait à vivre, d'un coup de tête elle décida, quoi qu'en pensent les médecins et les moralistes royaux, de retrousser ses longues manches et de se pétrir un mari.

Elle s'en fut donc à la cuisine et choisit au garde-manger un sac d'amandes, un sac de sucre, un sac de semoule de blé. Elle en fit une pâte ferme en forme d'homme bien bâti, visage avenant, haute taille, épaules larges, muscles fins. Au-dessus de la cheminée était dans une niche d'or Notre-Dame de la maison. Elle le mit debout devant elle.

– Ô mon époux, parle, dit-elle, tu es ma musique de vie. Que tes yeux s'ouvrent et me regardent, tu es ma lumière de vie. Que ton cœur batte et te réchauffe, tu es mon espoir, mon désir, mon rêve aimé, mon feu de vie.

Quarante jours, quarante nuits elle dit ces mots contre sa bouche. Enfin la paupière de l'homme frémit imperceptiblement, son œil s'entrouvrit, s'étonna. Un soupir gonfla sa poitrine. Il bâilla, il dit :

– Ô ma femme, pourquoi donc m'as-tu réveillé ? J'étais dans un songe de Dieu. Dois-je vraiment venir au monde ?

Elle prit ses mains, baisa ses lèvres, l'entraîna le long des couloirs jusqu'à la chambre de son père. Elle claironna, l'œil jubilant :

– Celui que j'aime, le voici. De large en long, de bas en haut et du fond de l'âme à la peau, je l'ai pétri. Il est mon œuvre. Son nom est Simigdalénios !

Elle s'en fut ouvrir les volets. Le vieux roi cligna, ronchonna, considéra cet homme nu qui se tenait droit devant lui.

– Il me plaît, dit-il. Sois heureuse. Puis-je dormir encore un peu ?

Le lendemain, présentation des futurs époux à la Cour. À peine douze jours passés, mariage royal, grandes orgues, bannières, orphéons, confettis, distribution de pain aux pauvres. Au soir de la cérémonie, le prince s'en vint au balcon, salua la foule. Allégresse. La noce dura sept semaines. Un an passa. Pur paradis.

Le prince Simigdalénios était un vivant magnifique. Tendre, fort, subtil, rayonnant, si désirable en vérité que partout où il paraissait il allumait le feu d'amour dans les jardins secrets des femmes. La reine du pays voisin, un matin d'été, dans sa cour, comme elle jouait à la marelle, vit son portrait peint sur le sein d'une comtesse de sa suite follement éprise de lui. Les mains tout à coup agitées, le souffle court, l'air égaré, elle eut un gémissement rauque et balbutia :

– Il me le faut.

– Il est marié, lui dit-on.

– Peu m'importe, qu'on me l'amène. Sinon, qu'on me laisse mourir. Je ne croquerai plus un sucre, je ne boirai plus de vin cuit tant que je ne le verrai pas défaillir d'amour devant moi.

Elle convoqua son général. Il était boiteux de naissance, signe d'intelligence aiguë.

– Majesté, dit-il, le dos courbe, comptez sur ma servilité. Je vais à l'instant le chercher.

Il fit affréter un bateau, le fit emplir de poteries et de porcelaines de Chine, et s'en alla la voile au vent au royaume du beau vivant. Au port, il invita le peuple à visiter sa cargaison. La princesse y alla s'ébattre, un matin. Elle s'émerveilla, soupesa là un couteau d'or, là une assiette ornée de biches. Au soir, de retour au palais, elle dit à Simigdalénios :

– Ce navire, quelle beauté !

Elle en avait du feu dans l'œil. Le lendemain, il y fut voir. À peine à bord, adieu le port. On ramena la passerelle, on leva l'ancre, on hissa tout, les focs, le hunier, la misaine, le perroquet, les cacatois, et vogue au large la galère. Simigdalénios regarda disparaître au loin le rivage. Il protesta, hurla, gémit. En pure perte. Il était pris.

Son épouse, au soir, l'attendit, puis s'inquiéta, le fit chercher. Ses polices ne ramenèrent que demi-rumeurs, faux coupables, moues d'impuissance et gestes flous. Alors elle prit son sac de peine et tirée par le fil d'amour qu'aucun désespoir ne peut rompre elle quitta le palais royal, franchit la porte de la ville, s'en fut au hasard des chemins, demandant sans cesse aux auberges, aux lavandières à leur lavoir, au seuil des fermes, à l'herbe, au vent :

– Avez-vous vu passer chez vous Simigdalénios, mon époux ?

– Qu'avons-nous vu ? Hommes et femmes, lui disait-on de loin en loin. Ils vont, ils viennent, ils disparaissent au fond des routes. On les oublie. Comment savoir qui sont les gens ?

Elle chemina des jours, des ans. Un soir, à la cime d'un mont, lui vint une odeur de maison. Elle grimpa jusqu'à la barrière, elle traversa le potager, poussa la porte entrebâillée. Elle aperçut dans la pénombre une vieille femme accroupie, la face noircie, les seins nus. Et que faisait-elle, la folle ? Elle nettoyait son four à pain non point avec pelle et chiffon mais avec ses longues mamelles qu'elle agitait dans les recoins.

– Ma tante, quel drôle d'outil !

– Ma fille, je fais mon ménage.

– Ma tante, laisse-moi t'aider !

La vieillarde se redressa, grinçant du dos, suant du front.

– Ma fille, c'est Dieu qui t'envoie !

– Ma tante, prie qu'Il me délivre du chagrin qui me tient le cœur.

Le four fut bientôt torchonné.

– Ma fille, de quoi souffres-tu ?

La princesse lui raconta sa peine d'amour, son errance.

– Je suis la mère du Soleil, lui répondit la vieille femme. Mon garçon ne va pas tarder. Entends-tu son pas dans la brume ?

Contre la porte un poing cogna.

– Crains qu'il te voie, il est féroce, depuis l'aube il n'a pas mangé. Cache-toi derrière le lit !

Plaintes menues, trottements vifs, enfoncement contre le mur.

– Mère, bonsoir, dit le Soleil. J'ai faim. Sers-moi.

– Voici du pain.

Il s'assit, noua sa serviette, flaira, goûta et dévora.

– Il est meilleur que d'ordinaire.

– Une princesse l'a pétri.

– Ma mère, où est-elle cachée ?

La vieille vint au pied du lit.

– Tu peux te montrer, ma jolie.

L'amoureuse sortit de l'ombre, s'avança vers l'astre repu.

– Dis la peine qui te tourmente.

– Je cherche Simigdalénios, mon bel époux, mon bien-aimé. Sur la terre ou sur l'océan, l'as-tu vu, figure du ciel ?

– Il a disparu, je le sais. Où est-il parti ? Je l'ignore. Affaire obscure, assurément ! La Lune seule est familière des manigances de la nuit. Va la consulter de ma part, et que Dieu apaise ton âme !

Il appela la vieille mère qui balayait les mies de pain.

– Offre une noix à cette fille, qu'elle ne soit pas venue pour rien !

L'errante s'en fut chez la Lune. Parmi les saules d'un vallon, là était sa maison moussue. L'aube venait. Il faisait froid. Elle frissonna, serra son col, décrotta ses pieds engourdis contre la margelle du puits, vint à la porte, la poussa. Elle grinça comme un chat rogneux. Une maigrichonne au fourneau pestait contre le lait bouilli qui se répandait sur les braises.

– Ma tante, le bonjour de Dieu !

– Oh, ma fille, je suis rompue ! Il fait jour, la Lune s'en vient, et le déjeuner n'est pas cuit !

– Ma tante, permets que je t'aide.

Elle balaya et fit reluire, pétrit le pain, le mit au four, et s'affairant de-ci, de-là, raconta sa peine d'amour.

– Pauvre enfant, dit la vieille femme.

Elle renifla dans son mouchoir, puis tendit l'oreille au-dehors, l'œil tout à coup épouvanté. On entendit un bruit de bottes.

– Ma fille, je crains pour ta vie. La Joufflue est la pire ogresse qu'il me fut donné de servir. Cache-toi dans la penderie !

– Holà, mère, ouvre-moi la porte, dit, dehors, une grosse voix. Je suis lasse et je meurs de faim !

La princesse courut s'enfouir sous un tas de guenilles sales. La Lune entra. Elle s'attabla, et s'empiffrant, la bouche pleine :

– Pain parfumé. Gâteaux parfaits. Lait à bonne température. Fruits délicieux. Mère, merci.

– Pardonne-moi, je n'ai rien fait. Ta cuisinière, ce matin, fut une malheureuse errante qui nous est venue Dieu sait d'où. N'aie pas peur, fille, approche donc !

Elle sortit de sous les habits. La Lune fronça les sourcils, l'examina. Elle dit enfin :

– Malheureuse, vraiment ? Pourquoi ?

– Je cherche Simigdalénios, mon bel époux, mon bien-aimé. L'as-tu vu, figure des nuits ?

– Je ne l'ai vu ni sur la terre, ni sur la mer, ni chez les morts. Mais les étoiles, à mon avis, devraient pouvoir te renseigner. Rien n'échappe à leurs yeux pointus ! Va donc jusqu'à leur bergerie, c'est tout droit, au fond du vallon. Et toi, ma mère, bouge donc ! Offre une amande à cette fille, qu'elle ne soit pas venue pour rien !

La princesse en hâte s'en fut dans la brume glacée de l'aube. Les astres venaient de rentrer. Ils piaillaient autour de leur mère, se bousculaient à la becquée. Le déjeuner n'était pas prêt. Vacarme, cris, prises de bec. L'errante mit à tout bon ordre, pétrit, chauffa, rôtit, nourrit l'un après l'autre les petits.

– Je cherche Simigdalénios, mon bel époux, mon bien-aimé.

Une étoile dit :

– Dieu le garde ! Jour et nuit je veille sur lui.

Concert criard de ses compagnes.

– Elle est folle, elle plaisante, elle ment, elle veut se rendre intéressante !

– Je l'ai vu.

– Ne l'écoute pas !

– Je sais où le trouver.

– Tais-toi !

– Au royaume voisin du tien. Chez la reine. Voilà. C'est dit. Et je te donne une noisette.

La princesse lui répondit :

– Bonne étoile, mille mercis !

Elle courut au mauvais pays. Au pied des marches du palais elle s'en vint mendier sa vie.

– Un toit, par pitié, une grange, que je ne meure pas de froid !

On la logea dans une étable. Au premier matin, sur le seuil, elle cassa la noix du Soleil. Il en sortit un rouet d'or. Une servante de la reine qui passait par là s'arrêta devant cette pure merveille, les yeux grands, les mains sur les joues. Elle resta pantoise un moment, puis elle courut à sa maîtresse, lui conta ce qu'elle avait vu.

– Un rouet, Majesté. En or ! Un soleil tombé dans la paille !

– S'il est aussi beau que tu dis, lui répondit la haute dame, qu'importe son prix, je le veux.

La fille revint à l'étable.

– Mon rouet ? Je le donnerai pour une nuit en compagnie du prince Simigdalénios.

On porta ces mots à la reine. Scandale.

– Quoi ? Oh, l'impudente !

Elle protesta, puis réfléchit. Une lumière de couteau traversa soudain ses cils noirs.

– Que l'on prépare un somnifère. Simigdalénios dormira du crépuscule au jour levé.

Sur son lit de paille à l'étable la princesse ne put bercer qu'un corps sans regard, sans parole. Elle en pleura de lourdes larmes. À l'aube on reprit son aimé. Elle s'assit contre le portail, elle le regarda s'éloigner. Tout était à recommencer.

Elle prit l'amande de la Lune, la brisa sur un caillou blanc. Il en sortit un dévidoir d'une beauté surnaturelle. On courut le dire au palais.

– Un dévidoir ? grinça la reine qui venait de se réveiller. Son prix, mes filles ?

– Une nuit pleine avec l'homme que vous savez.

– Que l'on prépare la tisane et qu'il dorme jusqu'au plein jour !

Au soir, parmi les bœufs, les ânes, même corps couché sur la paille, mêmes prières, mêmes pleurs.

– Simigdalénios, mon époux, ouvre les yeux, vois ton épouse qui se meurt pour l'amour de toi !

L'aube vint sans autre réponse qu'un grognement ensommeillé.

La princesse, demeurée seule, resta longtemps les mains ouvertes et le front contre les genoux. Un homme vint à son côté.

– Quel mal te ronge, pauvre fille ?

Elle lui dit son malheur d'aimer.

– Je connais Simigdalénios. Je ne suis que son cordonnier mais il m'estime comme un frère. Il vient tout à l'heure chez moi. Je lui dirai que son épouse l'attend ce soir les yeux ouverts.

De la noisette des étoiles sortit un coq, puis une poule et une flopée de poussins, tous en or du bec à la queue. La reine les voulut chez elle. Elle les eut. Elle dormit avec. Le prince Simigdalénios versa le fatal somnifère dans un vase de fleurs des champs. Dans l'étable la nuit fut belle. Elle fut de pur et fol amour, de pleurs de bonheur et d'amour, de mots retrouvés et d'amour, d'émerveillements et d'amour, d'amour invincible et d'amour.

## La conférence des papillons

Des papillons, un soir d'été, voletant au hasard des brises rencontrèrent l'ombre nocturne d'une maison de pauvres gens. Derrière la lucarne ouverte ils aperçurent, dans le noir, une flamme droite, menue. C'était celle d'une bougie. Ils en eurent l'âme éblouie. Ils n'avaient jamais vu de semblables lueurs dans le désert des nuits. Ils s'assemblèrent, frémissants, sur la branche basse d'un arbre, à quelques coups d'ailes du lieu où cette merveille brillait.

– Oh, sa beauté ! se dirent-ils.

– Oh, sa droiture, sa noblesse !

– Sentez-vous comme cette flamme nous appelle ? dit un ancien. Dans ce monde obscur où nous sommes, c'est la lumière de l'amour. Elle est notre rêve vivant. Elle doit savoir ce que sait Dieu. Nous l'avons vue, et désormais comment vivre encore sans elle ? L'un d'entre nous doit l'approcher, nous ramener de ses nouvelles.

Un intrépide s'ébroua, s'envola jusqu'à la lucarne. Il se posa sur le rebord. La flamme eut un frisson léger, la pénombre à peine s'émut. Il s'effraya, revint en hâte, décrivit la chose aperçue.

– Impressionnant ! dit-il aux autres. Elle a bougé quand elle m'a vu !

L'ancien soupira. Il lui dit :

– Tu ne t'es guère approché d'elle. Que peux-tu savoir de sa vie ?

On envoya un autre expert. Celui-là franchit bravement le seuil obscur de la lucarne, effleura la pointe du feu, poussa un cri de papillon, vira de bord, l'aile fumante, et s'en revint à la nuit fraîche en braillant qu'il s'était brûlé.

– Insuffisant, grogna l'ancien. Nous voulons savoir plus et mieux.

Un troisième, ivre de passion, s'en fut sans qu'on le lui demande. Il s'enfonça dans les ténèbres, embrassa la flamme étonnée, s'embrasa, partit en fumée. On vit de loin ce compagnon un bref instant éblouir l'ombre.

– Lui seul sait ce qu'amour veut dire, murmura le vieux papillon. Il a eu, c'est incontestable, de vraies nouvelles de l'aimée.

# Tatézo Flando

Il était une fois de plus (mort de Dieu, misère des anges !) une pauvre femme accablée, navrée, ravagée, saccagée par un homme en peau d'ouragan. C'était une brute, un obtus, une catastrophe ambulante, un tas obscur de muscles et d'os. Le soir, à l'heure où le soleil s'enfonçait sous sa couette il apparaissait sur le seuil, son poing assourdissait la porte, son corps effaçait le dehors, le chien fuyait entre ses jambes, il entrait, les yeux rétrécis, les sourcils pleins d'abeilles mortes, le front bas, le torse fumant. Son souffle épouvantait la lampe. Son pas faisait trembler les murs. Les enfants se grimpaient dessus dans le placard de la cuisine et demeuraient amoncelés, les poings accrochés aux oreilles, la mère sur sa chaise basse serrait les cuisses et se courbait comme un roseau sous un corbeau, ses mains tricotaient de l'angoisse, ses cheveux se collaient aux joues, la sueur froide ruisselait entre ses seins découragés. Son homme-monstre s'étirait, se grattait nombril et tignasse, puis s'affalait dans son hamac, les bras et les jambes pendants.

– Bougresse, lave-moi les pieds !

Elle accourait, bassine pleine, genoux pâles, serviette au bras.

– Bougresse, ma viande et mon vin !

Elle trottait, tremblante, au foyer, elle brûlait ses doigts à la broche, servait prestement l'affamé, torchait sa bouche dévorante et curait de l'ongle ses dents. Il pétrissait sa croupe triste, puis l'empoignait plus rudement et lui tonnait à la figure :

– Bougresse, dis, quel est mon nom ?

La pauvre se ratatinait, levait le coude sur sa tête, tentait de fuir, ne pouvait pas et répondait :

– Je ne sais pas !

Il n'avait ni père ni mère. Ni sa femme, ni ses enfants, ni les vieilles gens du village ne savaient comment le nommer. Se peut-il qu'on épouse un homme à ce point inconnu de tous ? Elle l'avait fait. Pourquoi ? Mystère. Peut-être l'avait-il voulue comme elle était, pâlotte, maigre. Elle ne savait rien refuser. Le cœur de cette femme-là était un océan craintif.

– Mon nom ! braillait l'Infréquentable.

Elle gémissait, à tout hasard :

– Alphonse !

– Non !

– Barnabé, Jules !

– Non et non !

– Lucien, Théodore, Marc, Jean, Mathieu, Barthélemy !

– Non, non et non ! rugissait l'autre.

Elle geignait :

– Pitié, mon mari !

Alors il tirait sa ceinture et à grands coups de bûcheron faisait saigner ses omoplates, ses vertèbres, son cou, ses flancs, son nombril, ses cuisses fuyantes, le derrière de ses genoux. Il la laissait comme ivre morte parmi les chaises renversées. Et tous les soirs c'était ainsi. Il la rossait à la folie.

Un matin, le bougre parti (on ignorait où il allait, quelle était son occupation, lointaine ou pas, honnête ou non), l'aîné des fils dit à sa mère :

– Je le suis. Je me cacherai, je fouinerai, j'écouterai, je trouverai qui est cet homme. Foi d'enfant, nous saurons bientôt !

– Misère, je te perds, dit-elle. Tu ne reviendras pas vivant !

Elle baisa ses yeux et sa bouche. Il prit son écharpe et partit.

Il vit son père, loin devant qui cheminait vers le levant. Il traversa un pont troué, un champ de blé, un champ d'avoine, un champ d'orge, un hameau ruiné, un ruisseau dans une vallée. Il remonta jusqu'à sa source. Elle était dans une forêt. Il vit au bord de l'eau contente l'Énorme se déshabiller, il vit ses jambes dans les herbes comme des troncs d'arbres vivants, son ventre rocheux, son poitrail resplendissant comme une armure. Il le vit s'avancer dans l'eau, plonger sous les scintillements, jaillir ruisselant au soleil, la tête au ciel, les bras ouverts. Alors il l'entendit chanter :

*Qui suis-je ? Tatézo Flando !*
*Ma femme, mon berceau, ma tombe,*
*si tu ne le dis pas, je tombe,*
*si tu le dis, par Dieu d'En-Haut,*
*j'éclate en vie comme une bombe !*

Son fils, sur la branche du chêne où il laissait pendre son nez, se répéta trois fois le nom, il le noua à son écharpe, descendit en catimini, quitta l'ombre de la forêt, courut de ruisseau en vallée, de hameau ruiné en champ d'orge, en champ d'avoine, en champ de blé, traversa le pont, reprit souffle.

– Tatézo, Tatézo Flando.

Il s'enfonça dans le village.

– Tatézo, Tatézo Flando.

Il fit halte au seuil de la place. Un cirque venait d'arriver. Un tigre en cage rugissait, des trapézistes s'envolaient, des grosses caisses vacarmaient et des jongleurs aux mille bras faisaient des arcs-en-ciel de balles. Un clown vint devant le garçon. Il lui dit en souriant, bête :

– Je m'appelle Chtrounglout. Et toi ?

L'autre, ébahi, ouvrit la bouche, chercha, les yeux grands, répondit :

– Tatézi, Tapézu Franpot. Non, Taraiso, non, Tapato.

Rires, trompette dans l'oreille, danse autour du pauvre effaré. Il s'en revint à la maison.

– Je l'ai su, je l'ai oublié.

Sa mère courba son échine, hocha la tête, soupira et tria des légumes secs en attendant la dégelée.

Le lendemain son fils deuxième lui dit :

– J'y vais. Je trouverai, j'écouterai, je retiendrai. Ma mémoire est aussi fidèle que l'épouse d'un empereur. Ce soir, délivrance, bombance, rôti d'agneau et fruits confits ! Confiance, mère ! Bénis-moi !

– Que Dieu t'assiste. Reviens vite, je ne t'en demande pas plus !

Il prit sa veste, il s'en alla, traversa le pont et les champs, courut le long de la vallée, suivit le ruisseau forestier. Il parvint en vue de la source. Il s'aplatit sous un buisson, trouva son père immense et beau quand il jaillit des gerbes d'eau.

*Qui suis-je ? Tatézo Flando !*
*Ma femme, mon berceau, ma tombe,*
*si tu ne le dis pas, je tombe,*
*si tu le dis, par Dieu d'En-Haut,*
*j'éclate en vie comme une bombe !*

Le garçon pensa : « C'est facile. » Il dit à voix basse le nom, l'enfonça du poing sous son crâne, fit double nœud à son mouchoir, rampa jusqu'à l'orée du bois, courut par champs et par caillasses, parvint à l'ombre des maisons, planta ses doigts dans ses oreilles, traversa le cirque et la place, les rires, les couleurs, les masques, les sauts des clowns, les jongleries.

– Tatézo, Tatézo Flando.

Il parvint au bout de la rue.

– Tatézo, Tatézo Flando.

Deux voyous lui vinrent dessus.

– Tes sous, ta veste, tes sandales !

Coups de poing, de tête, de pied. Hurlements, sifflets de gendarmes. Fuite des rats. Le rescapé épousseta ses vêtements, s'en fut chez lui, poussa la porte. Il avait la tête à l'envers. Il titubait, le souffle rauque. Sa chemise était déchirée. Sa mère le prit aux épaules.

– Parle, mon fils, par tous les saints !

– Taténi, Tatoné Menu. Non, Tamino, non Tafédo. Honte sur moi, je ne sais plus !

Au soir, la rouste fut sanglante. La femme hurla tant et si fort que même le chien fut ému. Il en pleura toute la nuit.

De grand matin le fils troisième, sans un mot à la maisonnée, prit son chapeau, claqua la porte et s'en fut, le pas furibond.

Il suivit les empreintes lourdes et la poussière soulevée. Il s'avança dans la forêt sans souci des buissons bruissants et des froissements de feuillages. Il resta droit derrière un arbre, sous les traits de soleil mouvants qui lui dansaient sur les épaules, tandis que l'homme nu plongeait, s'enfonçait dans l'eau de la source et jaillissait au grand soleil, la chevelure ruisselante, le front, les yeux illuminés, le torse luisant, les bras larges.

*Qui suis-je ? Tatézo Flando !*
*Ma femme, mon berceau, ma tombe,*
*si tu ne le dis pas, je tombe,*
*si tu le dis, par Dieu d'En-Haut,*
*j'éclate en vie comme une bombe !*

Le garçon leva son chapeau, mit le chant dessous et s'en fut, remâchant les mots entendus. À chaque pas il les redit. Dans les champs courbés sous la brise il ne vit pas qu'il faisait beau. Par les ruelles du village il traversa l'ombre des gens sans voir ni souliers ni visages. Il n'entendit que vaguement la rumeur du cirque en parade. On le bouscula. Il se tut. La foule lui dansa autour. Il fit le sourd. Il la troua.

– Tatézo, Tatézo Flando.

Il parvint presque à la maison. Il vit une vieille trotter, le dos courbé, le long du mur, son sac à main au creux du coude. D'une impasse où couinaient des chats il vit surgir les deux malfrats qui avaient assailli son frère. Ils attrapèrent la grand'mère, lui arrachèrent son collier, sa veste, sa canne, son sac. Elle hurla, elle tendit les mains, appela Dieu et la police. Il s'émut, courut à son aide, puis hésita. Il s'arrêta.

– Tatézo, Tatézo Flando. Je ne vois, je ne sais rien d'autre. D'abord faire ce que je dois, Tatézo, Tatézo

Flando, sinon je perds le nom du père. Vieille femme, pardonne-moi !

Les deux voyous le bousculèrent. Il n'y prit garde. Encore un pas, encore un autre et un troisième. Il poussa la porte. Il cria :

– Dieu l'a voulu. Mère, je sais !

Il dit le nom à son oreille et sortit secourir la vieille qui cherchait quelqu'un à tuer, armée d'un pavé prolétaire ramassé dans le caniveau.

Le soir venu, dans son hamac :

– Bougresse, lave-moi les pieds ! grogna le monstre fatigué.

Sa femme vint en chantonnant sa bassine contre le ventre.

– Bougresse, ma viande, mon vin !

Elle lui découpa le gigot, lécha ses doigts, servit à boire.

– Bougresse, dis, quel est mon nom ?

Il tira sa longue ceinture et dans l'air la fit claquer sec. Elle noua ses cheveux épars, se planta les poings dans les hanches, leva le front. Elle répondit :

– Ton nom est Tatézo Flando ! Aime-moi, homme, que je vive !

Il perdit un instant le souffle, le retrouva, ouvrit la bouche et partit d'un rire inouï. Alors sa peau se craquela, elle se fendit comme une gangue, se fracassa sur le plancher. Un bel époux lui vint devant.

– Enfin, dit-il.

– Enfin, dit-elle.

Il l'étreignit. Elle l'enlaça. Il fit chanter ses mains sur elle. Elle fit danser ses doigts sur lui. La misère oublia leur vie.

## Le pacte

On raconte qu'un jour un saint ermite s'en fut prier dans une clairière proche de sa demeure. Il s'assit au pied d'un arbre et dans son âme silencieuse invita les feuillages, les chants d'oiseaux, l'odeur de l'herbe, les caresses du vent, la chaude saveur de midi. C'était ainsi qu'il s'abandonnait à l'amitié du Créateur. Or, comme il s'alanguissait dans sa béatitude, la voix d'En-Haut soudain le réveilla. Elle était sombre mais légère, et tranquillement amusée.

– Tu aimes que l'on t'aime, dit-elle, je le sais. C'est un vice mineur, n'en faisons pas un drame. Mais si je disais aux gens comme parfois tu les oublies et te complais en distractions futiles, crois-tu qu'ils t'estimeraient encore assez pour venir tous les jours te nourrir de légumes et te baiser dévotement les doigts ?

L'ermite entendit ces paroles. Il s'émut, puis plongeant à nouveau dans la beauté du monde :

– Seigneur, il est bien vrai que je suis imparfait. Mais si je disais aux vivants l'étendue de ton amour et la démesure de ta miséricorde, ne seraient-ils pas à jamais rassurés, et craindraient-ils encore de s'éloigner de Toi ?

Vint un silence long. Dieu répondit enfin :

– Certes, tu as raison. Ne leur dis rien, ami. Je me tairai aussi.

# Judith et David

En mille cinq cent soixante-trois le tsar Ivan, dit le Terrible, avec son armée, ses drapeaux, ses popes, ses croix, ses bourreaux, s'en fut conquérir la Pologne. Aux premiers jours du mois d'avril il prit Polock, sur la Dvina. Au matin du lundi de Pâques, environné de cris, de piques, de psaumes, de haches brandies, il chevaucha jusqu'au ghetto. Il fit halte, leva l'épée, désigna les Juifs à ses hommes. Il ordonna qu'on les baptise, et s'ils venaient à renâcler, qu'on leur lie les poings et les pieds et qu'on les jette à la rivière.

David était chez Yehuda. C'était son maître de musique. À l'instant des premiers fracas il lui parlait de la beauté comme d'un oiseau qui s'enfuit dès que l'on tend vers lui la main. Le vieillard se tut, écouta. Des cris d'effroi mêlés d'appels, de cantiques, de bruits de bottes dévalaient du haut de la rue. Il dit soudain :

– Va-t'en, mon fils.

Il saisit David par la manche, l'entraîna au seuil du jardin.

– Cours à la forêt. Cache-toi.

De l'autre côté de la salle un sabre fendit le volet. Sur le rebord de la fenêtre le chandelier trembla, tomba.

Yehuda eut un bref coup d'œil à la pénombre du dedans, s'en fut décrocher son violon, le fourra sous le manteau noir de son élève éberlué. Il lui dit :

– Garde-le, mon fils. Sauve-le, il te sauvera. Que le Tout-Puissant te protège.

Il poussa le garçon dehors.

David courut et trébucha, roula dans les herbes mouillées, bondit par-dessus les buissons, s'enfonça dans le bois de saules, se blottit sous un roc troué. Il grelottait, son cœur tonnait. Il était à vingt pas du fleuve. Sur le pont des femmes hurlaient, tentaient de fuir les feux des torches. Il vit des soldats les saisir, les jeter dans l'eau turbulente, il vit tomber des corps sans voix, des vêtements, des gens en feu, sa sœur Déborah et son père, sa mère, le vieux Yehuda. Il s'entendit crier leurs noms, puis il ne vit plus que ses larmes. Il sombra dans les sarabandes d'un cauchemar vertigineux.

Il resta trois jours dans son trou, tremblant de fièvre et d'épouvante. Vint l'aube où il se mit debout. La faim lui faisait mal partout. Sur le pont n'était plus personne. Des ruines fumaient, çà et là. Il s'en alla le long du fleuve, prit un sentier à travers champs. Il chemina jusqu'à midi, espérant un toit, des gens simples qui lui donneraient à manger. Il aperçut au loin un chêne déployé sur les blés penchés. Il décida d'y faire halte. À l'instant d'entrer dans son ombre il hésita. Il s'arrêta. Un homme était sous le feuillage. Près de lui broutait son cheval.

– Apparemment je te fais peur, dit l'inconnu, la voix tranquille.

C'était un immense vieillard, tout noir d'habit, tout

blanc de barbe, au regard bienveillant et bleu, aux rides couleur de désert. Il semblait venir de si loin que le temps n'avait pu le suivre.

– As-tu déjeuné, mon garçon ? J'ai là quelques galettes dures et du vin tiède. Il fait si chaud !

– Merci, dit David.

Il s'assit. L'homme le regarda manger, vit le violon de Yehuda, sous son manteau, le désigna.

– Es-tu musicien ?

– Je l'étais. Mon maître est mort, mon père aussi, ma mère, ma sœur Déborah.

Il ne put tenir un sanglot. Le vieux caressa ses cheveux.

– Pleure, mon fils. Les larmes lavent.

Tous deux restèrent côte à côte, le front penché, un long moment. Sur une branche au-dessus d'eux un oiseau vint et s'envola.

– Joue, maintenant.

– Je ne peux pas.

– La musique t'aime, mon fils.

– Vous parlez comme Yehuda.

– Je parle comme ceux qui savent. Joue pour moi.

David se leva. Il s'appuya contre le chêne, posa la joue sur le violon, joua une mélopée lente, puis s'enhardit, puis s'exalta, joua comme l'on monte au ciel chercher des figures vivantes, joua comme l'on parle à Dieu, joua comme l'on joue sa vie.

– Tu vois que tu peux, dit le vieux. Marche jusqu'au prochain village. Ne raconte pas tes chagrins. Joue la musique de ton âme, et l'âme des gens s'ouvrira. Adieu, mon fils.

– Vieux père, adieu.

David voulut baiser sa main. Il ne rencontra que la brise sous le feuillage frémissant. Le grand vieillard au regard bleu n'était plus à l'ombre du chêne. Il était parti en fumée.

Passèrent trois années d'errance. Sur les places où se déployait son chant fragile et tant aimant qu'il faisait descendre les anges parmi les gens aux bouches bées, on se penchait vers le voisin et l'on disait tout bas :

– Qui est-ce ?

– C'est David. Il vient de Polock.

Et la rumeur de souffle en souffle dans la foule se répandait, et les filles serraient leur châle sur la poitrine en rougissant, et des larmes venaient aux femmes avec des désirs oubliés, et les vieillards, les yeux lointains, caressaient la joue des enfants.

Un jour David fut invité à faire danser une noce chez un menuisier de Jadow. Comme il buvait après la fête dans la vaste salle de bal où quelques garçons s'attardaient, dans des recoins, avec des filles, il vit apparaître à la porte entrebâillée sur le couchant une enfant ombreuse, fluette. Elle s'avança. Il se dressa. Il dit :

– Seigneur.

Il vint à elle, il lui prit les mains.

– Déborah.

– Je suis Judith et j'ai huit ans, lui dit fièrement la petite. Tu es le meilleur violoniste et le plus bel homme vivant. Qui est Déborah ?

– Elle est morte. C'était ma sœur. Tu lui ressembles.

– Tu l'aimais ?

– Oui. Infiniment.

– Je voudrais que tu m'aimes aussi.

David sourit.

– Infiniment ?
– Infiniment, dit la petite.
– Oh, Judith, je t'aime déjà.
– Alors tu seras mon époux.
Il se tut. Elle le regarda. Elle avait la grave innocence d'une mendiante au seuil du Ciel. Il s'en émut, ne sut que dire. Il bredouilla :
– Je dois partir.
– Tu reviendras. Je t'attendrai.
– Oui, Judith.
– Quand ?
– Je ne sais pas. Dans dix ans, quand tu seras grande.
– Dix ans, dit-elle. Promets-moi.
– Oui, Judith, oui, je te promets.
Elle tendit vers lui son visage. Il l'embrassa, il l'étreignit, il pleura sans savoir pourquoi. Il avait le cœur dans la gorge. Tandis qu'elle lui baisait les joues, et les oreilles, et les cheveux, il disait :
– Judith, ô Judith.
– Tu ne seras plus jamais seul, dit-elle enfin. Que Dieu te garde. Les dix ans commencent. Va-t'en.
Elle le repoussa. Il s'en fut.

Il retrouva ses longs chemins, les lits de paille des auberges et les bals aux tréteaux branlants. La vie naissait de son violon, quand il en jouait, la vraie vie, forte, évidente, imprévisible, triste comme un vivant peut l'être, heureuse comme on l'est parfois, bondissante, rieuse aussi. Quand ils entendaient sa musique, les gens soudain se sentaient beaux, les femmes se sentaient aimées, les hommes se sentaient timides. On se pressa pour l'écouter, d'abord sur les places des villes, puis plus haut, chez les beaux habits. Son nom précéda ses venues. Il fut estimé des vieux maîtres.

À Prague enfin il fut élu chef de l'orchestre du ghetto. Presque dix ans étaient passés.

Vint alors l'honneur inouï. Pierre Vok, comte de Rombeck, le pria de jouer chez lui. Le grand homme se mariait. Il voulait étonner le monde. David de Polock et ses gens, au jour dit, vinrent au palais. Quatre majordomes chrétiens les menèrent par des couloirs émerveillants comme des songes dans la salle aux fauteuils dorés où l'on accrochait des tentures pour le concert de la soirée. Tous hésitèrent sur le seuil. Le parquet brillait sous les lustres comme un miroir immaculé.

– Braves Juifs, dit un compagnon, à voix basse, les yeux partout, si nos grands'pères nous voyaient !

David brusquement répondit :

– Je ne jouerai pas avec vous.

Murmures, regards stupéfaits.

– Qu'a-t-il dit ?

– Il nous abandonne.

– Il perd l'esprit. C'est l'émotion.

– Éliézer me remplacera.

– Mais c'est toi seul qu'on veut entendre !

– Quelqu'un m'attend.

Silence long.

– David, mon fils, parle-nous d'elle, dit enfin le vieux Josuah.

– Que vous dire ? Je sais si peu ! Un soir de fête elle est entrée (c'était, je crois, le crépuscule) dans une salle presque vide où je buvais du bouillon froid. Nous avons parlé un moment. C'était il y a bientôt dix ans. Est-elle belle ? Je l'ignore. Elle était petite, malingre. Elle m'a regardé. Elle m'a dit : « Je suis Judith et j'ai huit ans. » Elle ressemblait à Déborah.

– T'a-t-elle écrit ?

– Non, pas un mot.
– Elle est sans doute mariée.
– Elle a promis qu'elle m'attendrait. J'ai promis de lui revenir.

Chacun se tut, on soupira, puis montèrent parmi les hommes quelques murmures véhéments. Josuah entraîna David à l'écart de leurs compagnons.

– Va, mon fils. Ne t'inquiète pas. Nous jouerons comme pour ta noce.

– Merci. Pardon. Adieu à tous.

Il mit son violon à l'épaule et s'en alla, le pas sonnant.

Il chevaucha de l'aube au soir, dormit dans des auberges sales, des écuries, des creux de rocs. Au matin du quinzième jour lui apparut sous le ciel bas une forêt de bouleaux blancs. Il avait connu ce chemin. « Jadow est derrière les arbres, se dit-il. J'y serai ce soir. » Il encouragea sa monture d'un cri sec comme un coup de fouet. Comme il entrait dans le sous-bois, il vit s'avancer une troupe. Il fit halte. On lui vint dessus. Il fut bientôt partout cerné, moqué, bousculé, harcelé, piqué par des bouts de vieux sabres.

– Que portes-tu là ?
– Un violon.
– Notre monsieur est saltimbanque, dit un guenilleux balafré en contrefaisant le bouffon.

Un colosse au poitrail touffu saisit David par la ceinture, le gifla d'un revers de poing et le jeta dans un buisson. Une pique troua sa jambe. Il n'en poussa qu'un cri d'oiseau. Quand il osa lever le front, la bande brute et son cheval passaient la lisière des arbres et s'éloignaient parmi les champs. Il se mit debout à grand'peine. Il fit deux pas. Il retomba. Le sang ruisselait dans sa botte. Il sut qu'il n'irait pas plus loin.

À Jadow, c'était jour de noce. Judith se laissait habiller par des mains de femmes piaillantes, extasiées, virevoltantes. On lissait les plis de sa robe, on ordonnait son voile blanc. Elle paraissait pétrifiée au milieu des envols de soie, des rires, des bénédictions.

– Comme tu es belle, ma fille !

– Mère, il viendra. Il a promis.

– Elle rêve encore à ce David ! Oh, la sotte ! Oh, l'écervelée !

– Il viendra avant que je sorte de la maison où je suis née.

Il ne vint pas. Judith sortit. Elle s'en fut à la synagogue en cortège de fleurs, de chants.

– Il viendra avant que j'y entre.

Ne vint que son prochain mari. Le rabbin lut ses litanies. Sept fois autour de son fiancé on lui ordonna de tourner avant qu'au même verre ils boivent et que la bague soit au doigt. Elle fit un tour. Elle murmura :

– Peut-être est-il mort sur sa route.

Elle fit deux tours. Elle murmura :

– S'il est mort, faites que je meure, ô Seigneur des abandonnés !

Elle fit trois tours et quatre tours. Il lui sembla entendre au loin un air ténu, une musique.

– Est-ce mon cœur ? Est-ce David ?

Elle fit cinq tours. Un homme entra. Son pas sonna sur le dallage. C'était un immense vieillard, tout noir d'habit, tout blanc de barbe. Il tendit la main à Judith. Elle courut à lui. Ils sortirent. Il la hissa sur son cheval, derrière lui.

– Allons, ma fille !

Ils chevauchèrent face au vent jusqu'à la forêt de bouleaux. Au seuil des arbres ils firent halte.

– Entends-tu le chant du violon ? C'est ton David. Va le rejoindre.

Elle s'éloigna de quelques pas, s'en revint. Elle dit :

– Qui es-tu ?

– Mon nom était Kalonymos quand j'étais poète, en Provence, il y a bientôt trois cent vingt ans. Je suis le gardien de David. Je le guide et je le protège. Un jour lui-même veillera sur un musicien à venir. Ainsi le veut le Créateur. Ton homme est blessé. Soigne-le. Je vous laisse là mon cheval. Qu'il vous mène jusqu'à Crémone, la ville de maître Amati, le plus fameux luthier du monde. Adieu, Judith.

– Bénis sois-tu.

Elle s'enfonça dans la forêt, trouva son aimé contre un arbre. Il se mourait presque. Il jouait, la joue posée sur son violon.

David et sa femme Judith vécurent longtemps à Crémone. Ils élevèrent seize enfants, huit luthiers et huit violonistes. Tous servirent leur vie durant la musique du cœur du monde. Leurs père et mère trépassèrent après quarante-trois années de bonheur laborieux et simple le même jour, au même instant.

## Conte de la femme fidèle à l'ombre d'un pin parasol

Un chroniqueur du vieux Japon rapporte que dans un village nommé Parole-de-l'Oiseau vécurent jadis deux époux unis comme l'ongle et le doigt. Il s'appelait Tchang Li, elle se nommait Lia. Ils s'aimaient sans jamais le dire. Ainsi vont les amours profondes. Tchang Li était tailleur d'habits et Lia tressait des paniers à l'ombre du pin parasol penché sur leur maison de bois. Leur misère était supportable, quoique pesante aux mauvais jours, quand le monde sans voyageurs s'abandonnait aux loups errants, au silence des champs de neige, aux croassements acariâtres des rares corbeaux égarés dans l'indifférence du ciel.

Or, un soir de printemps gelé vint à passer devant leur porte un voyageur bourbeux à l'enjambée nerveuse. Il semblait sortir de l'hiver. Il était, dans son long manteau, autant efflanqué que son sac. Il demanda aux gens du lieu l'hospitalité pour la nuit. Tchang Li fendait des bûches à l'abri d'un auvent, et Lia balayait le seuil. Ils l'invitèrent à partager leur soupe maigre auprès de l'âtre. Le pèlerin se réchauffa, se rassasia goulûment, puis offrant ses orteils au feu il se mit à conter merveilles.

– Frère, dit-il, tu perds ton temps à vêtir des paysans pauvres ! Au-delà des quatre vallées, à cinq semaines de chemin est une ville (j'y suis né) d'au moins dix mille rues et places. Autant d'étoiles dans le ciel, autant de lampes à ses fenêtres. Les marchands y sont mieux traités que les juges et les chevaliers. Va donc y vendre tes habits. En six mois tu feras fortune, tu t'en reviendras cousu d'or et l'an prochain ta belle épouse t'offrira un fils de seigneur !

Tchang Li se gratta le menton et longuement hocha la tête tandis que Lia fredonnait, l'œil rêveur et les joues rosies.

Le lendemain le voyageur s'en alla le long du torrent. Alors Tchang Li chargea son âne, boucla son sac, mit son chapeau, essuya les yeux de sa femme et sur sa bouche murmura :

– Je reviendrai aux feuilles mortes. Nous agrandirons la maison pour les enfants que nous ferons. Prie pour ton homme. Sois fidèle. Mon âme reste auprès de toi.

Lia lui dit adieu, s'assit devant sa porte et le regarda s'éloigner sur la plaine aux herbes naissantes jusqu'à ne plus voir, au lointain, que le ciel éclatant et froid.

Après cinq semaines de pluies, de bourrasques, de soleil doux et d'auberges crépusculaires, Tchang Li parvint à cette ville mille fois rêvée en chemin. Il en demeura stupéfait. Il n'avait pu imaginer ce labyrinthe éblouissant de palais, de ponts, de ruelles, de maisons de thé, de pagodes et d'inextricables bazars. Il s'en émut trois jours entiers, baguenauda dans les cohues, puis il prit un logis modeste, acheta des pans de tissu, vendit des chemises, des vestes. C'était un homme entreprenant. Il se troua les doigts à coudre, usa ses yeux à besogner, la nuit, sous la lampe fumeuse. Il amassa bientôt de quoi se bâtir une maison neuve et vivre un an de poisson frit, de soupe épaisse et de riz blanc. L'automne vint. Il était riche. Il décida de retourner à l'ombre du pin parasol où il avait laissé son âme sur la bouche baignée de larmes de son épouse bienaimée.

Alors lui vint une rumeur qui lui écarquilla les yeux et le fit pâlir jusqu'à l'os. On racontait à tous les vents qu'au-delà des quatre vallées un seigneur de sac et de corde avec sa horde de soudards avait envahi le pays, que le sang des corps égorgés ruisselait dans les incendies, qu'on rencontrait partout des morts, sur les routes, dans les ruisseaux, jusque sur les branches des arbres, les tripes livrées aux corbeaux. Tchang Li s'en revint à la hâte, ne put franchir les ponts brisés, erra de fermes ravagées en campements de rescapés, évitant les fumées lointaines, quémandant auprès des fuyards d'invérifiables nouvelles. L'automne s'en fut. Vint l'hiver. Il apprit au bord d'un chemin que Lia sa femme était morte, et son village abandonné. Alors il s'établit dans un bourg montagnard épargné par l'apocalypse. Il vécut là cinq années grises. Un voyageur lui dit un jour que la paix était revenue dans son misérable pays. Tchang Li l'écouta, l'œil lointain. Un désir insistant le prit. Il voulut revoir sa maison, à l'ombre du pin parasol où jadis il avait connu la vie simple, l'amour limpide et la pauvreté sans souci.

Il arriva dans son village un soir d'été, à l'heure tiède où les grillons mélancoliques saluent le soleil qui s'en va. Il ne put tenir ses sanglots. Partout n'étaient que pans de murs, toits effondrés, buissons de ronces. Il s'en fut jusqu'à sa maison. Il s'émut de la voir debout parmi les ruines, humble, paisible, telle qu'elle était autrefois. Une lueur brillait dedans. Se pouvait-il que sa Lia, sa chère épouse soit vivante ? Il lâcha son sac, son bâton, il accourut, poussa la porte, resta gémissant sur le seuil. Elle était là, le front penché dans le halo de la chandelle, les mains posées sur les genoux.

– Tchang Li, mon aimé, lui dit-elle, grâce au Ciel tu m'es revenu !

Elle semblait infiniment lasse. Sa chevelure avait blanchi, elle était ridée, maigre, pâle. Il s'agenouilla devant elle, l'étreignit, balbutia son nom en baisant sa bouche, ses yeux. À voix menue, hâtive, heureuse, il lui conta sa longue errance. Enfin l'un l'autre dévêtus, ils se couchèrent sur la natte depuis si longtemps désertée.

– Tu peux être fier de ta femme, murmura tendrement Lia. Elle fut fidèle. Elle l'est toujours. Voilà les précieuses paroles que j'ai gardées pour ton retour. Dors maintenant, mon cher époux.

Aux premières lueurs du jour Tchang Li se réveilla glacé. Il frissonna, il se dressa. À sa droite était un buisson où brillait la rosée de l'aube, à sa gauche une pierre plate fichée en terre, de guingois. Le nom de sa femme était là, gravé en hâte maladroite. Elle avait depuis quatre années quitté le monde des vivants. Alors Tchang Li s'agenouilla et le visage dans ses mains il bénit l'épouse fantôme qui n'avait pas voulu goûter à la tranquillité des morts avant le retour de l'aimé. Et comme il ramassait son sac à l'ombre du pin parasol, un oiseau dans les branches hautes salua le jour renaissant.

# La soupe de pâtes

Sur la fin de sa vie rabbi Élimélekh ne mangeait presque plus. Il n'avait goût à rien. Il fallait que son fils, rabbi Éléazar, le supplie chaque jour pour que le vieux mourant accepte de goûter, du bout des lèvres, aux mets que l'on s'ingéniait à cuisiner pour lui.

– Allons, père, courage, encore une bouchée pour l'amour de la vie !

– Mon fils, je n'ai pas faim, ce potage est amer, il agace mes dents.

– Que voudrais-tu, dis-moi ? Parle. Des sucreries ? Un gâteau de blé tendre ? Une tisane au miel ?

– Un jour, dit le vieillard (et son regard brilla), comme j'allais à Gdansk avec rabbi Zouzya, dans une pauvre auberge à l'écart du chemin nous avons dégusté une soupe de pâtes à pleurer de bonheur. C'est cette soupe-là que j'aimerais goûter, elle seule, rien d'autre. Hélas, il est trop tard, je me sens trépasser !

Il mourut, en effet, dans les bras de son fils.

Rabbi Éléazar, après l'enterrement, prit son sac et s'en fut sur les pas de son père. L'amour seul le poussait, le désir innocent de découvrir ce lieu où son vieux bien-aimé avait un jour dîné avec rabbi Zouzya, cette auberge aux murs blancs sur la route de Gdansk. Il l'aperçut au soir d'une journée de marche, humble, paisible, seule à l'ombre d'un ormeau. Il y fut accueilli par une grosse rousse aux manches retroussées, aux yeux contents de tout. Il y prit logement, puis s'assit près du feu dans la salle commune. La femme demanda :

– Avez-vous vraiment faim ?

Elle sourit, hésitante, inquiète aussi peut-être.

– Mon mari depuis hier est au marché de Gdansk. Il y vend des fagots. Il m'a promis du blé, des légumes, du schnaps et quelques friandises, pour peu que les bourgeois lui achètent son bois. Je l'espère. J'attends. Ce soir, pauvre de moi, je n'ai presque plus rien. Je ne peux vous offrir qu'une soupe de pâtes.

– Il ne m'en faut pas plus, répondit le rabbi.

La femme, rassurée, s'en fut à ses fourneaux.

À peine avait-il fait sa prière du soir qu'il la vit revenir, portant devant sa face abondamment rieuse une soupière ornée d'une louche de bois. Il se servit, goûta. Seigneur, quelle merveille ! Il vida l'écuelle. Il en redemanda.

– Qu'as-tu bien pu fourrer dans cette soupe-là pour lui donner ce goût aussi divin que simple ? demanda-t-il enfin.

– Ma parole, monsieur, je n'ai rien mis du tout !

Et comme Éléazar, les babines mouillées, s'étonnait grandement, elle lui fit ce récit :

– Un jour me sont venus deux hommes, deux rabbis, deux serviteurs de Dieu, cela se devinait à leurs yeux enfantins. Ils étaient tant recrus de fatigue et de vent qu'ils ne pouvaient plus mettre un orteil devant l'autre. J'étais comme aujourd'hui, plus pauvre que l'hiver. Alors je leur ai fait une soupe de pâtes en priant notre

Dieu de lui donner du goût. Je lui ai dit : « Seigneur, je n'ai rien, Tu peux tout. Vois ces deux-là qui T'aiment. Ils sont si fatigués ! Sois miséricordieux. Dans ton jardin parfait choisis quelques épices et fais que ce dîner ravigote leurs corps. » Ils en ont avalé quatre ou cinq écuelles, puis l'un des deux m'a dit : « Ta soupe est parfumée d'herbes du paradis ! » C'était sans doute vrai. Que vous dirais-je d'autre ? Aujourd'hui, par hasard, je me suis souvenue, et j'ai prié pour vous. Voilà. Vous savez tout de mes petits secrets.

Elle rit d'un air d'excuse et s'en fut trottinant à ses travaux du soir.

## Conte du cœur qui parle au cœur

Droite et noble, presque royale, aussi belle nue que vêtue, épouse du marchand de drap le plus riche de Marrakech, évidemment pieuse et fidèle, sévère avec ses trois enfants quoique attentive à leurs chagrins, économe mais charitable, de haut en bas irréprochable, telle était dame Khadija.

Son mari, pourtant, s'inquiétait. Car en vérité son épouse, malgré l'apparence, allait mal. Autant ses jours étaient limpides, autant ses nuits étaient troublées. Chaque soir, la chandelle éteinte, après l'instant de volupté, elle s'enfonçait dans l'oreiller, elle soupirait. Tout était bien. Elle s'endormait, rien n'allait plus. Elle se mettait à haleter, à sangloter les yeux fermés, à balbutier des mots bizarres, à pousser des cris d'oiseau fou. Si son époux la réveillait, elle se reprenait à sourire, à lui ronronner dans le cou, à se pelotonner tout doux. Ses effrois, ses égarements ? Elle ne se souvenait de rien. Il baisotait son front, ses joues, lui fredonnait une berceuse. Elle répondait des chatteries, puis le sommeil la reprenait, et elle repartait en vadrouille dans ses désarrois turbulents.

Son homme, lui, n'en dormait plus. Il s'en trouva bientôt si las qu'un matin, l'esprit en déroute, il s'en fut voir un saint ermite dont on disait dans les cafés qu'il avait déjà le pied gauche à la porte du paradis. Pour l'heure il déjeunait d'oignons sous un olivier millénaire, au seuil de sa hutte abattue par un coup de vent maladroit.

– Mon père, que le Ciel t'inspire. Un grave souci conjugal obscurcit mon entendement.

Le vieillard répondit :

– Mon fils, puisse Dieu m'aider à t'aider.

– Ma Khadija est une femme comme on n'en voit plus ici-bas. Mère parfaite, épouse ardente, croyante de haute vertu, elle fut pétrie pour le bonheur. Pourtant, la nuit, elle pleure, elle geint. Évidemment elle me réveille. J'ai du mal à me rendormir. L'angoisse me pourrit les sangs. Je me sens vieillir au galop.

– Son âme est en peine, mon fils.

– Mon père, elle ne manque de rien !

Il compta ses derniers cadeaux sur une quinzaine de doigts. Le vieil homme dressa l'index.

– Veux-tu savoir ?

– Assurément.

– Ce soir, égorge une brebis. Pose son cœur encore chaud contre celui de ton épouse, dès que tu la verras dormir. Tends l'oreille à ce qu'ils diront. Car, sache-le, les cœurs se parlent, ils se murmurent leurs souffrances en secret quand ils se croient seuls. Va, mon fils. Que Dieu t'accompagne !

– Mon père, qu'Il veille sur toi !

La nuit venue, bref sacrifice, mains sanglantes, brebis fendue. Murmure inquiet au bord du lit :

– Femme, tu dors ?

Pas de réponse. Offrande chaude et palpitante à sa poitrine dénudée. Le mari, respirant à peine, se pencha sur l'ensommeillée. Il écouta. Il entendit :

*– Cœur de ma sœur, sœur de mon cœur,*
*depuis quand te tient la douleur ?*

*– C'était longtemps avant de naître,*
*l'Ange est venu à la fenêtre,*
*il m'a dit « Vois ». J'ai vu ma vie,*
*j'ai vu mes jours, j'ai vu mes nuits.*

*– Cœur de ma sœur, sœur de mon cœur,*
*étaient-ils tous mouillés de pleurs ?*

*– Il fallut que l'Ange me traîne,*
*je ne voulais pas de ces peines*
*qui encombrent mes avenirs.*
*Oh, je ne voulais pas venir !*

*– Cœur de ma sœur, sœur de mon cœur,*
*quel est ce temps qui te fait peur ?*

*– Sept années femme et mère aimante,*
*sept années putain mécréante,*
*sept années mendiante aux pieds nus.*
*Oh, quel malheur d'être venue !*

*– Cœur de ma sœur, sœur de mon cœur,*
*goûte l'amour aux trois couleurs.*
*Chance pour toi, c'est la vie forte !*
*Oh, Seigneur, pourquoi suis-je morte ?*
*Je fus brebis, je ne suis rien.*
*Où me porte le temps qui vient ?*

– Misère ! gémit le mari.

Il n'avait que trop entendu. Les doigts tremblants, la bouche arquée, il saisit le cœur de la bête, l'ôta comme un tison du feu, le jeta par-dessus l'épaule et resta le regard perdu jusqu'aux lueurs du petit jour.

À peine le soleil levé, il s'en retourna chez l'ermite. Il lui répéta la chanson.

– Mon père, tu connais le mal. Pitié, j'ai peur. Ne me dis pas que tu ignores le remède !

– Une tasse de thé, mon fils ?

– Ma femme, si pieuse, si simple, si proprette, si ordonnée ! Ma femme, pauvresse, putain !

– Si c'est écrit, je n'y peux rien. Bois lentement. Veux-tu des dattes ?

– C'est injuste !

– C'est son destin. Mère attentive, femme chaste, puis débridée, offerte à tous, enfin mendiante, mains tendues en perpétuelle prière, depuis sa venue en ce monde le maître amour conduit sa vie. Ne la blâme pas. Sache-le, c'est le feu de Dieu qu'elle chevauche !

– Elle n'en veut pas, elle pleure, elle geint !

– Elle ignore qu'elle est bénie.

– Et moi, malheur, que suis-je donc ?

– Marchand de drap. Fais ton commerce, et laisse les anges courir.

– Va au diable, j'y vais aussi !

Le mari s'en revint chez lui. Sa femme était à la cuisine. Il s'en vint lui flairer le cou. Il grogna :

– Tu t'es parfumée. Et pour une mère honorable, je te trouve trop maquillée.

– C'est pour te plaire, lui dit-elle.

– Me plaire est bien, c'est ton devoir. Plaire aux voisins est inutile, inconvenant et dangereux. Lave tes yeux et ta figure. Et, s'il te plaît, habille-toi un peu plus décemment, que diable !

Elle partit d'un rire innocent.

– Mon époux, serais-tu jaloux ?

Il s'était promis de se taire. D'ailleurs, il le dit :

– Je me tais. Mais si tu savais, pauvre femme, ce que je sais, ce que je vois, ce qui est inscrit sur ton front, tu ne rirais pas comme une oie que l'on chatouille sous les ailes. Ne me pose pas de questions !

– Tu m'inquiètes.

– Et toi, tu me tues !

Il déborda. Il le fallait. La rage est un rude poison. Mieux vaut le cracher que le boire. Du cœur de brebis à l'ermite, en pleine face il lui dit tout. Khadija ne répondit rien.

Le lendemain elle nettoya de fond en comble la maison, mit du henné dans ses cheveux, débarbouilla son fils, ses filles, puis s'habilla de coton blanc, parfuma son front d'eau de rose et dit la prière des morts. Après quoi :

– Enfants, mes chéris, allez arroser la terrasse. Mon basilic a besoin d'eau.

Ils montèrent, ils redescendirent. Ils virent leur mère pendue, la tête penchée de côté, les mains, les pieds abandonnés. Sur ses joues ruisselaient des larmes. Ils hurlèrent, appelèrent. On vint. On trancha en hâte la corde. On porta la morte à son lit. Son mari s'effondra sur elle.

– Seigneur, qu'ai-je fait, qu'ai-je dit !

Mille fois, le regard perdu, il pleura ces mots sans réponse. On mit en terre Khadija.

Au soir de son enterrement, un luron qui s'en revenait d'une bamboche clandestine entendit dans le cimetière un gémissement incongru. Il pensa qu'il avait trop bu mais s'arrêta, tendit l'oreille. Un long cri sourd, indiscutable, lui hérissa les poils des bras. Quelqu'un était enterré là qui n'aurait certes pas dû l'être. Il chercha, trouva le tombeau, creusa, cria de tenir bon, qu'il arrivait, qu'il était là. Il ouvrit enfin le cercueil. Khadija, pâle, exorbitée, s'assit, prit une goulée d'air et gémit :

– J'ai failli mourir !

L'autre lui dit qu'en vérité l'étonnant était qu'elle soit vive. Tout le monde avait cru la voir aussi morte qu'un poisson sec. Elle ne l'était pas, grâce à Dieu. Il referma la caisse vide, remit la terre où elle était et mena chez lui la sauvée.

Elle avait froid, elle avait soif, elle avait besoin de repos. Il lui servit du vin sucré. Elle n'en avait jamais goûté. Elle vida d'un trait sa timbale, fit claquer sa langue, sourit.

– C'est délicieux, dit-elle. Encore !

À nouveau l'homme la servit. Il pensa : « Seigneur, qu'elle est belle ! » Il lui dit :

– Es-tu mariée ?

Elle s'entendit joliment rire. Elle répondit :

– Moi ? Non. Pourquoi ?

Elle était aimablement ivre. Elle se dit : « Cet homme me plaît. Il a quelque chose dans l'œil que mon époux n'aura jamais. » Elle voulut visiter sa chambre. C'était simple curiosité. Elle n'en sortit pas de la nuit. À l'aube elle était toute neuve. Elle entra en vie amoureuse avec l'heureuse exaltation d'un envol pour le bout du monde.

Son sauveur lui offrit des bagues, quelques bracelets orientaux, des robes chères, des parfums et des fêtes insoupçonnées. Elle y prit goût, connut un prince, un brigand, un armateur grec, quatre ministres, un diamantaire et d'estimables libertins qu'aucun plaisir n'intimidait. Elle en jouit abondamment. Elle fut aimée pour sa beauté. Elle fut connue pour ses audaces. Vint le temps où elle le fut trop. Alors dans les salons dorés on l'estima passée de mode. On négligea de l'inviter, on se demanda, çà et là, si elle avait changé d'adresse, enfin on oublia son nom. Elle vendit ses appartements pour un logis au ras du sol, puis ses bijoux, puis ses manteaux, et quand elle n'eut plus rien qui vaille, elle s'assit au coin d'une rue.

Elle fut une mendiante gaie.

– Je suis votre ange, disait-elle aux gens qui lui donnaient un sou. En vérité, je tends la main non pas pour demander l'aumône mais pour vous caresser le cœur, vous qui savez si mal aimer !

Elle riait d'elle avec les autres. Elle pleurait aussi quelquefois. Elle pensait à son fils, ses filles. Passèrent sept ans cahotants. Un matin, elle osa frapper à la porte de la maison où avait grandi sa couvée.

– Un croûton pour la pauvre vieille !

– Entre donc, ma mère. Assieds-toi. Les galettes sortent du four !

– Mon enfant, as-tu dit « ma mère » ? Quel bon pain tu me donnes là !

– C'est par respect pour tes vieux jours.

– Non, ma fille, c'est par amour, même si ta bouche l'ignore. Te souviens-tu de Khadija ? Je suis la morte, la sauvée, la mendiante, l'épouse aimée. Où est le maître de maison ?

– J'entends son pas dans l'escalier.
– Mon homme, je suis de retour !

Il faillit en perdre le souffle. Il pâlit, rougit, haleta, ouvrit grands les yeux et les bras. Ils s'assirent tous à ses pieds. Elle leur raconta son histoire. Quand tout fut dit :

– Mes beaux enfants, je ne fus guère convenable, mais comme disent les Persans, je fus le feu, Dieu fut le vent !

Le soir venu, sur l'oreiller :

– Ma femme, je t'ai tant pleurée !

– Mon homme, ris-moi maintenant !

Elle lui vint manger dans la bouche des paroles d'amour content.

# La princesse et le berger

C'était un roi antipathique, enrhumé chronique, craintif, vaniteux et vindicatif. Dix mille esclaves le servaient, une armée de trois cent mille hommes veillait à tous les horizons, son portrait souriait partout, béat, bêta, torse bombé, jusqu'aux cuisines des bazars, et pourtant il rongeait ses ongles, il pleurait qu'on ne l'aimait pas, il s'estimait trop seul au monde et sans cesse il se demandait, le front creusé par le tourment, comment faire pour aller bien. Lui vint un jour une lubie qu'il prit pour un coup de génie.

– J'exige que tous mes sujets, dit-il à son premier ministre, crient ensemble « Sire, à vos souhaits ! » chaque fois que j'éternuerai.

Qui a trop veut encore plus. Il eut cela avec le reste. Une troupe de relayeurs publia la nouvelle loi, on nomma partout des veilleurs à l'exécution des consignes et bientôt, jusque dans les bourgs les plus montagnards du pays sonnèrent les souhaits des chorales à la moindre explosion nasale dans le mouchoir majestueux.

Seul un berger, dans sa campagne, refusa tout net d'obéir. Il répondit aux inspecteurs qui vinrent lui tourner autour en faisant siffler leur badine qu'il ne voulait pas, voilà tout, voir les vœux du roi satisfaits.

En vérité ce résistant aimait éperdument la fille du tyrannique éternueur. Il l'avait rencontrée un jour qu'elle chevauchait parmi les arbres de son bocage printanier. Elle avait fait halte un instant. Elle avait demandé à boire. Une source sous les feuillages bruissait à dix pas de ses pieds. Elle l'ignorait. Il le savait. Il avait couru l'abreuver. Elle avait bu, dans ses mains jointes, avec l'eau le cœur du berger. Or, on disait dans les gazettes que le monarque souffreteux souhaitait marier son enfant avec les mines de diamants d'un prince turc du voisinage.

– À vos souhaits? dit-il fièrement aux sbires de l'éternueur qui l'empoignaient par les oreilles. Torturez-moi, empalez-moi, faites de moi du pâté d'homme, mais vous n'aurez pas ces mots-là !

On le mena devant le roi.

– Ainsi, tu ne veux pas mon bien, dit-il au héros solitaire. C'est très grave, je te préviens.

– Majesté, je vous souhaiterai autant de paradis terrestres que sont d'étoiles dans le ciel si vous me promettez la main de votre fille ici présente.

Elle était près de la fenêtre, elle lisait un roman d'amour. Elle rougit, elle leva le front, elle observa le jeune fou. « Oh, la bonne idée ! » se dit-elle.

– Absurde, répondit le roi.

Il renifla, éternua, écouta l'écho désiré le long des couloirs du palais, de rue en rue, de place en place, attendit les vœux du berger. En vain. Motus, bouche cousue. Il hurla, les bajoues tremblantes :

– Qu'on le jette à la fosse aux ours !

« Il survivra, se dit sa fille. S'il m'aime, il vaincra ces bestiaux. » Elle oublia son livre triste et sourit aux oiseaux passants.

À peine la grille fermée sur sa compagnie monstrueuse, le berger sortit son pipeau. Le trou était sombre et puant, des mufles grondaient sur sa tête. Il s'assit dans l'angle du mur et joua la seule chanson qu'il avait apprise du vent, des arbres, des sources, des champs. Il la joua pour cette bouche qui avait bu l'eau dans ses mains, pour l'âme entrevue dans ces yeux qui l'avaient à peine effleuré, il la joua pour la vivante qui avait allumé la lampe dans la chambre nue de son cœur. Les ours stupéfaits l'écoutèrent. L'amour émeut toutes les vies. Ils restèrent la nuit entière assis en cercle autour de lui. Au matin :

– Sire, il n'est pas mort !

– Comment, pas mort ? Qu'on me l'amène !

Sa fille rit, à la fenêtre, dans le creux de son livre ouvert.

Le jeune homme sentait le fauve mais il avait l'air reposé.

– Ainsi, dit le roi, tu t'obstines. Je t'ai ordonné de mourir, et tu oses désobéir !

Il partit d'un éternuement qui gonfla de vent les tentures. Dedans, dehors :

– Sire, à vos souhaits ! brailla le royaume unanime.

– Grand merci, répondit le roi.

Et revenant à l'hérétique :

– Évidemment, toi, tu te tais.

Sa fille pensa dans son livre : « Évidemment ! Que crois-tu donc ? Il m'aime, tu ne peux le vaincre. Seigneur, comme je le connais ! »

– Que l'on jette ce triste sire dans la fosse des hérissons ! tonna le roi, l'index tremblant.

Ils étaient dix, et gigantesques. Il faisait noir comme au tombeau dans l'antre où grinçaient leurs épines comme des sabres remués. Le berger sortit son pipeau. Il ferma les yeux pour mieux voir la porte de son âme ouverte sur l'infini désir d'aimer. Il joua, rencogné dans l'ombre. Alentour, plus un bruissement. L'amour émeut même les bêtes qui ne voient jamais le soleil. Au matin :

– Sire !

– Il est vivant ? dit le monarque abasourdi.

« Évidemment », pensa sa fille.

– Ce jeune homme est stupéfiant. Je le nommerai maréchal, pour peu qu'il accepte, le bougre, de rabattre un peu son caquet.

« N'y comptez pas, monsieur mon père », chantonna sa fille rieuse en fermant son livre achevé.

– Que marmonnez-vous, mon enfant ?

– Rien, je rêvais, répondit-elle.

Le berger entra, s'avança, salua, attendit qu'on parle. Son habit était déchiré, mais par des caresses d'aiguilles. Il ne saignait de nulle part.

– Bonjour. Bravo, lui dit le roi. J'aimerais bien que tu m'expliques comment tu t'es dépatouillé de mes basses-fosses bestiales, mais plus tard. Je t'offre un marché. Je vais sous peu éternuer. Tu me réponds « Sire, à vos souhaits ! » et je fais de toi le guerrier le plus médaillé du royaume.

– Je ne veux rien que votre fille. Majesté, donnez-moi sa main, et je laisse à vos gourmandises tout le reste de l'univers.

« Bien parlé », pensa la princesse en faisant bouffer ses cheveux.

– Ma fille unique ! À un berger ! ricana son royal parent.

Il haussa un peu les épaules, prit à témoin son plafond peint, eut un geste découragé.

– Qu'on le jette au puits des cent faux ! Il faut en finir, mille diables !

On empoigna le condamné. On le mena dans une cave. Dans cette cave était un trou, et dans ce trou de perdition luisaient cent langues d'acier raides. Le berger se pencha au bord. Il bafouilla, tremblant d'effroi :

– Au secours, ruse et manigance ! Gardez-moi de tomber si bas !

Lui vint alors comme un oiseau dans sa tignasse ébouriffée une idée stupide mais gaie.

– Éloignez-vous, dit-il aux gardes, il me faut prier pour mon âme, puisque ce soir elle monte à Dieu.

À peine seul dans le cachot il ôta chemise, chapeau, bottes, ceinture et pantalon, il en habilla un bâton qui se trouvait là par miracle, coucha le tout au bord du trou, se cacha derrière la porte, rappela d'un gémissement les trois soudards aux trognes lasses casqués jusqu'au ras des sourcils. L'air était sombre, heureusement, et pour faire un pareil métier les trois n'étaient pas des lumières. Ils poussèrent du bout du pied l'épouvantail au puits féroce et s'en furent jouer aux dés.

Au matin un chant de pipeau réveilla le roi dans son lit, le fit s'asseoir, les yeux hagards.

– Il n'est pas mort ?

– Non, Majesté. Il est revenu des cent lames.

Une lueur d'admiration naquit sous sa paupière lourde.

– Alors là, admit le monarque en enfonçant son poing dans l'air, franchement, je suis épaté. Mon sceptre, ma robe de chambre, ma couronne, mes chaussons neufs !

Je veux le voir et le toucher. Je veux qu'un médecin l'ausculte. Êtes-vous certains que c'est lui ?

On dégringola au cachot, on ramena le berger nu, on le couvrit (simple décence) d'un manteau de palefrenier. Dès qu'il parut sur le parquet, au fin fond de l'allée de lustres :

– Si tu dis ce que veut ma loi, je t'offre une prairie d'argent ! cria le roi, les bras ouverts.

– Un jardin d'amour suffira.

– Un palais d'or !

– Mon âme est simple.

– Une moitié de mon royaume !

– Non, votre fille, s'il vous plaît.

– Hé, prends-la donc, enfant du diable !

– Sire, à vos souhaits ! dit le berger.

– Merci, lui répondit le roi.

Il n'avait pas éternué.

La princesse fit l'étonnée quand on s'en vint à la fenêtre où elle écoutait son cœur battre en feuilletant distraitement un livre d'histoires d'amour illustré d'estampes badines.

– Me voulez-vous ? dit le berger.

– Qui ? moi ? dit-elle, rougissante. Vous me prenez au dépourvu !

Les plus naïves d'apparence sont de fait les plus délurées. Ils s'épousèrent en grande hâte. Ils n'avaient que trop attendu. Ils furent pécheurs dans leur chambre, gourmands dans leur salle à manger, et partout bien-aimés de Dieu. Bonne nuit, les hommes, les femmes, le conte ne peut dire mieux.

# Chaled et Djeida

Ils étaient au désert les plus riches des princes, les plus hauts des guerriers, les frères les plus sûrs. L'aîné avait nom Muharrib. Il était le chef de leur clan. C'était un homme au rire énorme. Le cadet s'appelait Sahir. Il était d'esprit lumineux. Leurs élans, leurs chants, leurs paroles semblaient sortir d'un même cœur. Leurs sabres se dressaient ensemble, jumeaux dans le même soleil. Bref, ils étaient inséparables comme la langue et le palais.

Or il advint qu'un jour, le sort, le hasard, le diable peut-être leur mit au même instant le même feu au sang. L'un contre l'autre ils se dressèrent. Muharrib insulta Sahir. L'outragé s'en fut dans sa tente, les poings durs, le pas furibond.

– Quel mal te tient ? lui dit sa femme. Quelqu'un aurait-il offensé le plus généreux des Arabes et le plus aimé des époux ?

Sahir lui répondit :

– Un fou, en vérité, a craché sur mon nom. Honte sur lui, honte sur moi. Je ne peux pas trouer son cœur, car nous sommes de même père.

Son épouse dit, le front haut :

– Subir l'insulte est une plaie. L'accepter serait une faute. Cette tribu n'est plus la nôtre. Laissons nos biens, homme, et partons.

Tous deux abattirent leur tente, la chargèrent sur leur chameau. Alors Sahir s'en fut au-devant de son frère.

– Vois, je m'éloigne de ta bouche pour ne plus l'entendre parler. Je t'abandonne mes troupeaux, ils me rappelleraient les jours où nous buvions aux mêmes puits. Dieu veuille que j'oublie ton nom.

Il se détourna et partit.

La tribu de Sad l'accueillit. Sahir était un homme aimé. On lui offrit trois belles tentes ornées de tapis de Chiraz. Son épouse allait être mère. Elle lui dit un jour :

– Mon époux, que Dieu me bénisse le ventre. J'espère te donner un fils. Si je mets au monde une fille, nous l'habillerons en garçon. Il ne faut pas que Muharrib puisse railler ta descendance. Il nous a fait assez de mal.

L'être qui vint à la lumière avait l'entrejambe fendu. Son père lui baisa le front et cacha le haut de ses cuisses. L'enfant fut appelée Djeida. Aux yeux de tous elle fut Djender, fils aîné du noble Sahir.

Or, il advint que ce jour-là, Celui qui gouverne nos vies voulut que Muharrib bénisse son épouse. Elle venait d'accoucher d'un mâle au sexe dur. Il l'offrit au soleil sur le seuil de sa tente. Chaled le Fortuné, il fut ainsi nommé. Dans les deux camps trois jours durant battirent les tambours de fête, après quoi les deux nouveau-nés entrèrent dans le cours du temps.

Sahir apprit à son enfant l'art de la chasse et de la guerre. Muharrib instruisit pareillement le sien. Djeida dompta, à huit ans d'âge, le plus fier cheval du troupeau. Chaled en fit autant d'une jument sauvage. À dix ans, au désert, la flèche de Djeida trouait l'œil des oiseaux. Celle de son cousin traversait les abeilles à vingt pas de son arc. À quatorze ans, au sabre, elle désarma son père. Le même jour Chaled mit le sien à genoux. Qu'elle étouffe ensemble trois loups sur sa poitrine, elle leur criait :

– C'est Djender qui vous a vaincus ! Dites-le à Dieu et au diable !

Que son cousin affronte seul une troupe de vingt brigands :

– Je suis Chaled, rugissait-il, le fils du puissant Muharrib ! Saluez le soleil, les hommes, c'est le dernier de votre vie !

Il entendit parler des exploits prodigieux de Djender, le fils de son oncle. Il voulut rencontrer cet être de haut vol fameux pour sa beauté autant que pour sa force. Il ne put s'y résoudre. Il redoutait l'œil de son père, la furieuse détestation qu'il vouait toujours à Sahir et son mépris mélancolique pour le fils de celui qu'il avait enfermé dans les souterrains de son cœur.

Or, une nuit de vent de sable, Muharrib partit chez les morts. Il avait fait son temps de vie. La haine avec lui s'en alla. Au lendemain des funérailles Chaled fit charger ses chameaux et s'en fut au camp de son oncle avec sa mère et ses guerriers. Il tendit la main à Sahir. Il ouvrit les bras à Djender. Ce fut sa cousine Djeida qu'il serra contre sa poitrine. Il n'en sut rien. Tous deux chantèrent au festin offert à la paix. Elle s'émerveilla de son rire, s'émut de l'arc de ses sourcils, de la lumière de ses yeux, des transparences de son âme.

– Djender, mon cousin, dit Chaled, allons ensemble à Sanaa. On y fête un nouveau sultan. Les plus hauts princes du Yémen s'y affronteront en champ clos, tant à mains nues qu'au sabre courbe. Nous y combattrons, toi et moi, côte à côte, en frères de sang !

Au soir Djeida dit à sa mère :

– Où mon cousin ira, j'irai. Et si je ne peux pas le suivre, creuse un lit à côté du sien. Je m'y coucherai pour mourir.

– Ne crains pas, Djeida, ma colombe. Ton cousin est digne de toi. Je parlerai avec sa mère et tu épouseras Chaled, et nous retournerons ensemble au pays de nos vieilles vies où nous espèrent nos troupeaux.

Le lendemain :

– Entre, ma sœur.

Dans l'ombre de sa tente l'épouse de Sahir fit servir le thé et les dattes à la veuve de Muharrib. Djeida était auprès du mât, droite, ferme, la bouche close. Elle défit son ample chemise, elle délivra ses longs cheveux. Ils tombèrent sur ses épaules, voilèrent sa poitrine nue. Sa mère avoua le secret.

– Ma sœur, Djender est une fille, et ton fils lui a pris le cœur !

Les deux femmes, tremblantes, émues, s'embrassèrent les joues, les mains, parlèrent jusqu'à perdre souffle. La veuve enfin dit à Djeida :

– Je te bénis, joie de Chaled !

Elle salua la compagnie, s'en alla, trotta chez son fils.

– Mon bien-aimé ! Ô mon étoile !

En grande hâte elle lui conta la bouleversante nouvelle. L'autre écouta. Son œil noircit.

– J'espérais un ami, dit-il. Une fille ? Mort de mon âme, cette diablesse m'a trompé.

– Elle t'aime, fils, aie pitié d'elle !

– Je ne sais pas parler d'amour, sauf à mon sabre, à mon cheval, à ma flèche raide sur l'arc. Que ma cousine s'en retourne à ses broderies de manteaux. Adieu, je ne veux plus la voir.

Il rameuta sa troupe d'hommes et s'en fut droit dans le désert.

Djeida contempla la poussière qui s'éloignait au fond du ciel. À peine fut-elle effacée :

– Avant que je m'offre à la mort, il me paiera cher cet outrage, dit-elle au démon de la rage qui lui dansait devant les yeux.

Elle sella son cheval, elle vêtit son armure, coiffa son casque et rabattit la visière sur sa figure. On lui demanda :

– Où vas-tu ?

– À la chasse ! répondit-elle.

Elle bondit en croupe et s'en fut.

Elle franchit les dunes, les monts, les longues plaines de cailloux, parvint aux remparts de la ville où elle savait trouver Chaled, Sanaa aux murs de safran, aux souks bruissants et parfumés, aux palais ornés de bannières en l'honneur du nouveau sultan. Elle s'en fut au tournoi du jour. Elle y terrassa douze braves. Le lendemain elle y brisa vingt sabres d'argent et dix lances. Un murmure courut parmi les combattants, envahit les tribunes, parvint aux vieilles rues et aux maisons de thé.

– Qui est cet invincible au casque éblouissant ? Un guerrier du Hedjaz ? Un fils de roi ? Un djinn ?

Chaled dit :

– Je saurai.

Vint le troisième jour. Il lui livra bataille. Aucun des deux, la nuit venue, n'avait perdu le moindre sang. Le lendemain le soleil neuf les vit à nouveau face à face. Jusqu'au soir Djeida jubila, feinta, bondit, insaisissable. Le sabre courbe de Chaled mille fois fit siffler l'air bleu. Il resta debout. Elle aussi. Vint encore un matin, une danse furieuse au soleil poussiéreux, encore un crépuscule. Enfin, les armes basses, essoufflés, fiers et droits :

– Qui es-tu ? dit Chaled. Quel chevalier ? Quel prince ? Ta science du combat est d'un guerrier parfait. Tu ne m'as pas vaincu mais mon cœur est touché. J'avoue que je t'admire. Parle. Quel est ton nom ? Montre-moi ton visage, que je sache de qui je veux être l'ami !

Djeida ôta son gant, souleva la visière de son casque d'acier. Ses yeux étincelaient.

– Une fille, Chaled, voilà ce que je suis. Ta cousine Djeida, brodeuse de manteaux ! Que la honte te tue, guerrier fils de guerrier qui ne l'a pas vaincue !

Elle tourna les talons, bondit sur son cheval et s'en fut au galop sous les étoiles vives.

Son cousin s'en revint chez lui, l'œil plus noir qu'une nuit d'hiver, le menton contre la poitrine et le cœur enceint d'amour fou. Il s'en fut visiter sa mère.

– Ô femme, lui dit-il, la beauté de Djeida, son air, la force de son sang, la perfection de son visage ! Je l'aime et je l'ai combattue, elle m'a fui la haine à la bouche. Elle a fait ce que n'ont pu faire les plus fiers guerriers d'Arabie. L'éclat de son regard a désarmé ton fils !

Elle lui répondit :

– Grâce à Dieu, te voilà homme véritable. Il n'est pas de combat plus juste que celui d'une âme d'amant. Rassemble cent chamelles rousses, harnache ton plus beau cheval, fais vêtir tes hommes de soie et partons au camp de Sahir demander la main de sa fille.

Leur caravane magnifique s'en fut dans le matin naissant.

Chaled tendit la main à son oncle Sahir.

– Je t'offre pour Djeida les troupeaux de mon père, les sabres de mes hommes et le respect d'un fils.

– Qu'elle sache t'honorer comme tu nous honores !

On s'étreignit, on s'embrassa, on baisa les mains et les fronts, et parmi les tentes des femmes on rit, on fit danser les voiles, on gloussa des bénédictions. Seule Djeida resta dans l'ombre. On alluma partout des feux, on improvisa des chansons. Au soir la fille de Sahir vêtit en secret son armure, sella sa monture et partit.

Chaled aussitôt alerté la poursuivit dans la montagne. Au seuil d'une caverne il fit halte. Il la vit. Son sabre brillait dur dans l'ombre de la nuit plus belle que le jour.

– Là vit un couple de lions, dit-elle. Livrons-leur bataille. À toi la femelle, Chaled. À moi le mâle. Dieu nous garde.

Les rocs furent bientôt en sang. La lune se pencha sur les fauves vaincus. Face à face dans le vent frais, leurs armes rouges au bout des bras, les deux époux se regardèrent.

– Vois, Chaled, je te vaux, dit-elle. Tu n'es pas plus brave que moi. Amènerais-tu à mon père les mille troupeaux du Yémen, tu ne peux acheter mon cœur.

– C'est par amour que je te veux.

– C'est par amour que je me donne.

Elle se défit de son armure. Il laissa aller les chevaux. Ils s'en revinrent côte à côte dans les silences mariés des étoiles et des sables nus.

## La souris et le vent

C'était un désert silencieux, paisible, un désert sans faute, un désert sans rien, sans le moindre brin de buisson mortel, un désert. Il n'était que sable, il n'était que ciel. Et dans ce désert, avec la lumière, le sable, le ciel, il y avait le vent, et une souris.

Il y avait l'amour. L'amour est partout, surtout au désert où rien ne l'entrave, ni piège, ni mur. L'amour avait fait son nid infini dans le cœur du vent et de la souris. Au bord de son trou sans cesse elle disait :

– Vent, je veux te voir !

– M'aimes-tu, souris ?

– Tu m'emplis le cœur, la tête, le corps, mais tu vas, tu passes, tu n'es jamais là.

– Viens, que je caresse ton ventre, ton dos, ton menu museau !

– Oh, oui, je te sens, oh, tes mains, ton souffle ! Oh, tes yeux, dis-moi, comment sont tes yeux, de quelle couleur ? Ta bouche, ton front ? Te voir, vent, te voir ! Comment t'aimer bien sans jamais te voir ?

Un heureux matin (lumière tranquille, dunes alanguies) le vent répondit :

– Par amour pour toi je vais t'apparaître avec mes vraies mains, avec ma vraie bouche, ma poitrine nue, mes cheveux défaits, et tu me verras tel que Dieu m'a fait. Attends, je reviens.

Plus un souffle d'air. Silence, soleil, paix, sieste du sable. La souris, béate, attendit le vent.

Soudain du lointain vint un sifflement, une nuée grise envahit la dune, un tourbillon fou vint au bord du trou, un géant poudreux se mit à hurler :

– Souris, me vois-tu ? Ma mère m'a dit que j'étais superbe. Regarde-moi donc ! Dis, suis-je assez beau ? Souris, mon aimée, réponds, où es-tu ? C'est moi maintenant qui ne te vois plus ! Tu sais, je peux être encore plus fort, encore plus grand, plus vivant encore ! Souris, je t'en prie, dis-moi quelque chose, je te sens déçue. Dis-moi que tu m'aimes encore et toujours !

Elle n'entendait pas. Elle entendait trop. Elle s'était enfouie dans son trou profond. Elle tremblait de froid, gémissait d'effroi. Tempête, ouragan, vertige, bourrasque, l'amour est ainsi quand il vient tout nu. Elle ne savait pas.

# Mahuléna

En ces temps plus âgés que nous, sous les cieux changeants de Bohême vivait un vieux roi malheureux. Sa femme était morte en prières, après avoir mal accouché. Il avait en secondes noces épousé sans guère d'amour une harpie au regard jaune, au nez pointu, au cœur sorcier. Ce roi, de sa première épouse, avait un fils, seul être cher à son âme mélancolique usée par les vents hasardeux.

– Si le bonheur parfois navigue sur les rivières de mon sang, c'est ton souffle de beau vivant, mon enfant, qui gonfle ses voiles ! lui disait-il, la nuit venue, à l'instant d'éteindre les lampes.

Et le garçon lui répondait, les yeux fermés :

– Sire le roi, quelle est cette femme qui vient, la nuit, dans la lueur des songes, et qui me berce, et qui me parle, et qui me caresse le front ?

– Son nom était Reine Dorée. Jamais ne fut dame aussi belle. Elle fut ta mère, elle est ta fée. Dors, elle veille sur ton sommeil.

Ainsi tous les soirs de leur vie furent murmurées ces paroles jusqu'à l'âge où la voix du fils quitta ses mélodies d'oiseau pour sa musique de jeune homme.

Il dit un jour :

– Je veux aimer, sinon mon âme tombe en cendres.

On lui présenta les portraits d'une centaine de princesses. Aucun ne dérida son front. Il en perdit le goût de vivre.

– Aussi belle que fut ma mère, je la veux ainsi, ou je meurs, dit l'affligé à ses docteurs.

Le roi consulta les plus sages parmi ses dénicheurs d'idées. Un de ceux-là (un vieil aveugle si savant qu'il tutoyait Dieu) lui dit :

– Seigneur, en vérité, à tout aimant son aimantée. Homme et femme sont des moitiés qui l'un l'autre ardemment s'espèrent. Il me paraît donc évident que l'élue du prince l'attend en quelque lieu du vaste monde. La question est de savoir où. Je propose que soient taries toutes les fontaines publiques de notre ville et des faubourgs, excepté celle qui chantonne son bonheur de s'ensoleiller dans la cour de votre palais. Les voyageurs seront forcés d'y venir se désaltérer. À ces arpenteurs de chemins, amis du vent, coureurs des mers, nos délégués demanderont s'ils ont quelque part rencontré cette insurpassable merveille que désire votre héritier. Un frisson de mes poils de bras me dit que nous viendra bientôt (à vue de nez dans quatre lunes) celui qui nous éclairera.

Il vint dans trois. C'était un homme aux pieds bottés de pauvre cuir, au manteau fané par les routes, aux mots rares, au pas lent et long. On le conduisit à la chambre où étaient le roi et son fils.

– Il est, dit-il, à l'est de l'est, une jeune fille si belle que les hommes chercheurs d'amour, quand ils la voient, perdent l'esprit, et parfois même tombent morts comme consumés par la foudre. Je conduirai Monsieur le Prince jusqu'à la cité où elle vit s'il accepte de m'obéir. Quoi qu'il me plaise d'ordonner, point de refus ni de dispute, sinon j'irai seul mon chemin.

Il se tut, resta tête haute. On hésita. Il attendit. Le vieux roi grogna, fit la moue. Son fils sortit de sa chemise un portrait de Reine Dorée.

– C'était ma mère, lui dit-il. Cette fille est-elle aussi belle ?

Le voyageur lui répondit :

– Mille fois plus.

– Son nom, dis-moi ?

– Mahuléna, fille de roi.

– Adieu, mon père, dit le prince.

Il s'en fut avec l'inconnu.

Après dix journées de voyage, sur la lande venteuse, un soir, ils aperçurent une cabane plantée seule au bord du chemin. Le manteau bourré de bourrasque le compagnon du fils du roi frappa du poing contre la porte. Elle grinça, elle s'entrebâilla. Dedans était un homme assis dans la lueur d'une chandelle. Il était vieux comme le temps. Il écrivait dans un grand livre. Sa plume crissait vivement. Le prince lui vint à côté.

– Logerez-vous deux pèlerins fatigués par la longue route ?

Le vieux ne lui répondit pas. Il relut une ligne écrite en se rajustant le lorgnon, comme s'il était seul vivant dans sa demeure ombreuse et tiède aux murs enfiévrés par le vent.

– Ami, couchons-nous et dormons, dit le compagnon de voyage.

Il désigna un tas de foin dans un coin obscur du logis. Ils s'installèrent pour la nuit. L'amoureux dormit, l'autre non.

À minuit, la porte s'ouvrit. Il vit la lune dans la brume. Il vit se poser trois corneilles sur la pierre plate du seuil. Elles se changèrent en jeunes filles à la chevelure cendrée. Elles entrèrent dans la cabane.

– Vieux père, pouvons-nous parler ?

La porte battit, se ferma.

– Bonnes filles, vous le pouvez. Ces hommes dorment. À toi, l'aînée.

– J'ai parcouru les cieux du monde. J'ai vu passer un fils de roi, il a quitté son lit d'enfance pour l'amour de Mahuléna. Comme il chemine vaillamment, le dos courbé sous les averses ! Demain, deux routes lui viendront. L'une est aisée mais malfaisante. S'il va sur elle, il se perdra. L'autre est rude mais de bon sens. Elle conduit chez Mahuléna. Je sens un fou qui nous écoute.

*M'entends-tu ? Ne répète pas !*
*Sinon le sort que je te lance*
*jusqu'aux chevilles te fera*
*chair de caillou, peau de silence !*

– À toi, deuxième, dit le vieux.

– J'ai parcouru les cieux du monde, j'ai vu passer la mort d'amour. Si par malheur le fils du roi veut sans tarder voir le visage de la belle Mahuléna, il en tombera foudroyé. S'il veut survivre, qu'il patiente. Qu'il contemple un jour ses sandales, un autre jour son corps vêtu, le troisième son regard nu. Je sens un œil de fou sur moi.

*M'entends-tu ? Ne répète pas !*
*Sinon le sort que je te lance*

*jusqu'aux rotules te fera*
*chair de caillou, peau de silence !*

– Et toi, cadette, qu'as-tu vu ?

– J'ai parcouru les cieux du monde. Au palais de Mahuléna le fils du roi m'est apparu attablé, la serviette au cou, devant une soupe d'orties. S'il la boit toute, il est perdu. Qu'il en savoure un jour un tiers, un autre jour un tiers encore, le troisième qu'il boive tout, et que le temps de ses repas il ne soupire ni ne parle. Je sens battre le cœur d'un fou.

*M'entends-tu ? Ne répète pas !*
*Sinon le sort que je te lance*
*jusqu'à la taille te fera*
*chair de caillou, peau de silence !*

Le veilleur près de l'endormi entendit tout de ces secrets. Il vit les filles disparaître comme des fumées envolées. Le vieux inscrivit leurs paroles sur son livre, puis le ferma. Le souffle bref de ses feuillets moucha le feu de la bougie.

Le lendemain les voyageurs, quand ils eurent chaussé leurs bottes, le trouvèrent droit sur le seuil. Il contemplait le jour naissant. Il n'en détourna pas les yeux, ni pour répondre à leur bonjour, ni pour les regarder partir. Ils s'en furent sous le ciel bas. Comme ils cheminaient en silence, leur route bientôt se fendit. À droite allait un chemin simple, à gauche un autre embroussaillé.

– Pourquoi s'empêtrer ? dit le prince.

– Parce que je le veux ainsi.

– Nous allons déchirer nos jambes !

– Fils de roi, fais ce que je dis.

Après trois jours de marche ardue, le soleil vint entre les arbres. Ils sortirent du bois griffu. Ils découvrirent sur la plaine des maisons, des chiens et des bœufs, le faubourg d'une grande ville, des remparts, des places, des rues, des fontaines, des oliviers, enfin au cœur de la cité, plus haut que les coqs sur les tuiles, le palais de Mahuléna. Le prince voulut y courir.

– Demain, lui dit son compagnon.

Il l'entraîna vers une auberge.

– Il me faut brosser ton habit, laver ton corps, ta chevelure, apaiser ton cœur emballé.

L'amoureux pesta, renâcla, mais suivit son guide dedans.

Le lendemain, devant la porte :

– Va, fils de roi. Rappelle-toi. La princesse Mahuléna t'apparaîtra en haut des marches d'un escalier d'or et de bois. Que ton regard grimpe à ses pieds et qu'il contemple ses sandales, puis, le front bas, détourne-toi. Va au bol de soupe d'orties qu'une servante t'offrira.

– J'en boirai un tiers.

– Sans un mot.

– Par qui connais-tu ces mystères ?

– Obéis, Dieu te gardera.

Le soleil monta et tomba. Au matin du deuxième jour :

– Va, fils de roi. Rappelle-toi. La princesse Mahuléna, quand tu paraîtras devant elle, descendra la moitié des marches de l'escalier d'or et de bois. Que ton regard grimpe à ses hanches, à ses seins, à son long cou blanc. Qu'il se détourne fermement avant d'atteindre son visage !

– Je boirai la soupe d'orties.

– Un tiers encore, rien de plus. Et sur ta bouche, une croix double !

– Qui t'a instruit, frère inconnu ?

– Qu'importe. Fais ce que tu dois.

Vint enfin le troisième jour. Il put la voir de pied en cap. Quelle merveille, son visage ! Un vertige l'illumina, tandis qu'elle s'avançait vers lui.

– Enfin, dit-elle, te voici.

Il prit ses mains. Il répondit :

– Je te cherche depuis le temps où je n'étais pas de ce monde.

– En ce temps-là sans nuits ni jours j'attendais déjà ta venue.

– Sois ma femme.

– Sois mon époux.

Leur noce dura sept semaines dans le palais, dans les jardins et dans la ville endimanchée.

Vint enfin le temps du retour.

– Nos trois chevaux sont dans la cour, dit le compagnon de voyage.

Mahuléna boucla son sac.

– Mon père était un roi heureux. Il pleure de me dire adieu.

Son bien-aimé lui répondit :

– Le mien est en deuil infini. Il rira de nous voir venir.

De grand matin ils s'en allèrent.

Ils parvinrent le soir venu sur la lande venteuse et grise où était la pauvre maison du scribe des vies et des temps. Il écrivait quand ils entrèrent. Ils lui souhaitèrent le bonsoir. Il trempa sa plume dans l'encre, sans les entendre ni les voir. Comme ils se couchaient dans le foin, il tourna la page noircie. Les époux bientôt s'endormirent. Leur compagnon, les yeux mi-clos, attendit les filles corneilles. Minuit. Bouffée de vent. Bruit d'ailes. La chevelure du vieillard en fut un instant soulevée. Les trois pucelles en robe noire s'approchèrent de la chandelle.

– Quelles nouvelles, mon aînée ?

– J'ai parcouru les cieux du monde, j'ai vu le prince marié, j'ai vu sa marâtre sorcière pétrir pour lui un pain maudit. Qu'une mie franchisse ses lèvres, il en tombera foudroyé. Je sens l'œil d'un fou sur ma bouche.

*M' entends-tu ? Ne répète pas !*
*Sinon le sort que je te lance*
*jusqu'au sang du cœur te fera*
*chair de caillou, peau de silence !*

– Et toi, ma deuxième, dis-moi.

– J'ai parcouru les cieux du monde, j'ai vu la marâtre crochue seller un cheval assassin. Si le fils du roi le chevauche, il est perdu d'âme et de corps. J'entends rouler le sang d'un fou.

*M' entends-tu ? Ne répète pas !*
*Sinon le sort que je te lance*
*jusqu'aux épaules te fera*
*chair de caillou, peau de silence !*

– Et toi, cadette ? dit le vieux.

– J'ai parcouru les cieux du monde, j'ai vu la marâtre, à minuit, se changer en serpente monstre. Si la bête parvient au lit où dormira le fils du roi, il sera tout cru dévoré. Je sens gémir le cœur d'un fou.

*M'entends-tu ? Ne répète pas !*
*Sinon le sort que je te lance*
*des pieds aux cheveux te fera*
*chair de caillou, peau de silence !*

Au matin, les trois voyageurs s'en allèrent sans au revoir.

Au loin, sous le ciel tourmenté parurent les tours de la ville. Une foule de gens contents vint au-devant des mariés. Un serviteur fendit le peuple, offrit au prince chevauchant un pain sur une assiette d'or.

– Mangez et réjouissez-vous ! La reine mère vous espère, elle a cuit pour vous ce gâteau, elle chante, elle rit de vous revoir !

Le fils du roi tendit la main. Son compagnon lui prit la manche.

– Que cet homme goûte d'abord.

L'autre pâlit et balbutia, prit une miette. Il la goûta. Il tomba mort sur la grand'route. Les vivats cessèrent soudain.

– Mon frère dont j'ignore tout, comment savais-tu ? dit le prince.

– Je veille, répondit l'ami.

À la porte de la cité vint un écuyer de la reine, la bride d'un cheval au poing.

– Seigneur, montez ce coursier noir ! Voyez sa robe, sa crinière et ses sabots vêtus d'argent, c'est le cadeau des bonnes gens qui ouvrent pour vous leurs fenêtres !

Le prince rit.

– Bonté du Ciel !

– Que cet homme monte d'abord, dit son compagnon de voyage.

L'écuyer trembla, voulut fuir. Il fut de force hissé en selle. La bête hennit, piaffa, rua, s'en fut droit au pont sur le fleuve et plongea dans les tourbillons. On s'émut, puis on oublia. Le cortège reprit sa marche parmi les hourras, les musiques, les bannières et les poings fleuris.

Sur le perron de son palais, le vieux roi embrassa son fils, salua, les bras hauts, la foule, bénit le ciel et l'alentour, tandis que la reine sorcière, les joues grises, la bouche arquée, applaudissait du bout des gants. On but, on conta le voyage, on chanta, le peuple dansa. À la nuit :

– Bonsoir ! dit le prince.

Mahuléna lui prit la main, tous deux fuirent par les couloirs. Leur compagnon les attendait devant la porte de la chambre.

– Ami, dit-il au fils du roi, il me faut veiller sur ta femme.

– Mon frère, as-tu perdu l'esprit ? Nos peines sont derrière nous. Que crains-tu ? Tout ici nous aime !

– Tu dois encore m'obéir.

– Je suis ton prince. Qui es-tu ?

– J'entends pour toi, je vois pour toi, devant tes pas j'ôte les pièges.

Rieuse et droite l'épousée baisa la bouche de l'aimé.

– Mon époux, garde-lui ta foi.

Il s'en fut, le front tourmenté.

Quand le veilleur vint dans la chambre, le feu vif dans la cheminée remuait çà et là des ombres et Mahuléna sommeillait. Il s'allongea près de son corps. À minuit, à travers la porte, parut un serpent prodigieux. Il était vert, ailé, cornu, ses yeux rouges pleuraient des laves, ses crocs étaient comme des rocs. Il siffla, vint au pied du lit. Il ouvrit sa gueule géante. Un éclat d'épée tournoya, le sang fumant jaillit en gerbe. La tête du monstre tomba. Le veilleur ouvrit la fenêtre, tira la bête jusqu'au bord et la fit basculer dehors. Il s'en revint à la princesse. Une goutte de sang puant souillait sa joue, près de la bouche. Il se pencha, il la lécha. Une hache fendit la porte. Le prince et douze serviteurs franchirent le seuil, l'arme au poing. Ils avaient entendu le bruit de l'épouvantable bataille. Ils virent l'homme sur le lit, ses lèvres presque aux lèvres closes de Mahuléna réveillée.

Il fut pris, pieds et poings liés. On le mena dans le jardin sous le plus vieux chêne du monde. L'aube naissait au fond de l'est.

– Pitié pour lui, dit la princesse, il ne m'a blessée ni salie.

– Il a fait pire, il m'a trahi.

Son compagnon lui répondit :

– Je t'ai servi loyalement. Que sais-tu, misérable enfant ? Rien de ta vie, rien de la mienne. Puisqu'il me faut bientôt mourir, écoute la vérité nue.

Il dit tout des filles corneilles. Au fils du roi il répéta ce qu'il avait seul entendu, et ses pieds se pétrifièrent, ses genoux, ses hanches, son cou, et sa bouche soudain muette, et ses yeux enfin aveuglés.

Inconsolable fut le prince. Un songe vint le visiter, une nuit d'hiver et de larmes. « Un garçon te naîtra bientôt, lui dit une voix sans visage. Dès qu'il sera sorti du ventre de celle qui te tient la main, emporte-le dans le jardin et sans craindre ni Dieu ni diable tranche sa gorge et troue son cœur sur le corps du pétrifié. » Au printemps un enfant lui vint. À l'aube de son premier jour il le prit, l'emporta dehors. Il l'égorgea et le troua sur le corps en chair de caillou. Il s'en revint la tête basse, traînant l'épée ensanglantée. Il s'enferma dans sa chapelle. Comme il priait amèrement, il entendit s'ouvrir la porte. Il vit entrer son compagnon. Sur l'épaule il portait l'enfant. Ils étaient tous les deux vivants. Derrière eux en hâte accoururent la princesse Mahuléna, le vieux roi, trottinant, rieur, et une nuée de servantes, les bras au ciel, louant les saints.

# L'aimée sans visage

On raconte qu'un roi, un jour, se prit de désir pour l'épouse de son plus proche compagnon. Il n'eut pas la moindre vergogne à exiger qu'elle vienne au lit. Elle ne se fit guère prier.

Une après-midi de mois d'août, comme il folâtrait dans sa chambre avec l'élue de son caprice, lui vint la piquante lubie de faire appeler le mari. L'époux vint donc chez le monarque. Il le trouva sur l'oreiller, sans perruque, dépoitraillé, caressant le flanc d'une femme tout entière enfouie sous le drap. Il connaissait ses fantaisies. Il sourit avec l'indulgence qui sied aux familiers des grands. Il entra, demanda pardon, voulut aussitôt s'esquiver.

– Approche donc, lui dit son maître.

Et dénudant, l'œil amusé, les pieds, les cuisses, le nombril, les seins menus de sa compagne, mais point sa figure cachée :

– Ami, regarde ces splendeurs. Ne sont-elles pas désirables ?

Le front suant, la gorge rauque, l'époux convint que ce corps-là était d'une beauté royale.

– N'aimerais-tu pas le toucher ?

Et comme l'autre reculait, balbutiant, les mains agitées :

– Allons, frère, lui dit le roi, entre nous point de simagrées, caresse-la, je te l'ordonne.

Le mari effleura la dame, tant de la bouche que des mains. Ce fut long, doux et palpitant. Il s'en émut infiniment. Le roi enfin, las de son jeu, le renvoya d'un geste vague. Il s'en retourna, titubant.

Il ne toucha plus son épouse. Il s'obséda de cette aimée dont il ignorait le visage. Sa vie durant il la chercha sans savoir qu'il dormait près d'elle. Il ne la découvrit jamais.

# L'erreur

Torisi était belle et riche. Nan était misérable et beau. Ils vécurent sans se connaître. Ils moururent le même jour.

Ils se trouvèrent par hasard à patienter, l'un près de l'autre, dans la longue foule des morts qui attendaient de comparaître devant Tibuan le Sévère, gardien du seuil et responsable du registre des admissions au royaume de l'au-delà. La file serpentait au loin, jusqu'aux brumes de l'horizon où n'étaient plus ni ciel ni terre. Elle n'avançait vers le guichet que lentement, de halte en halte. Torisi et Nan se parlèrent, osèrent rire de leur sort, se contèrent leur vie passée, se réconfortèrent, s'émurent. Vint l'instant où elle découvrit le désir dans les yeux de Nan et lui l'offrande émerveillée dans le regard de Torisi. Ils en oublièrent les gens, les lieux mêmes où ils se trouvaient. Ils restèrent longtemps ainsi à s'émerveiller d'être ensemble dans la lumière inespérée qui leur faisait trembler les mains, déborder les fleuves du cœur et battre les portes de l'âme.

– Homme, ton nom ? dit une voix entre deux piles de cahiers.

Ils étaient devant Tibuan. Ils s'en trouvèrent stupéfaits. Ni l'un ni l'autre n'avaient vu fondre autour d'eux la foule morte. Ils étaient les derniers du jour.

– Nan, du village de Hu Ven.

Le portier consulta sa liste, feuilleta une page avant, deux en arrière, soupira. Il dit enfin :

– J'ai bien un Nan, mais il vivait à Hi Tchéou. On t'a convoqué par erreur. Tu dois redescendre sur terre.

Et se tournant vers sa compagne :

– Es-tu Torisi, de Hu Sen ?

Elle approuva.

– Entre, dit-il.

Il lui ouvrit la porte noire. En même temps, à voix unies, aussi vives que résolues :

– Non, répondirent les deux êtres.

Stupéfaction de Tibuan. Il regarda les jeunes gens par- dessus ses lunettes rondes.

– Si elle entre, j'entre, dit Nan.

– Impossible, tu es vivant.

– Alors je m'en vais avec lui, dit Torisi, fière, rieuse.

– Inadmissible, tu es morte.

– Maître, dit Nan, considérez que je suis ici sur votre ordre. Je n'ai en rien outrepassé les lois qui gouvernent nos vies. Je reste. Tuez-moi.

– Absurde.

– Nous nous aimons, dit Torisi.

Le portier répondit :

– Qu'y puis-je ?

Il parut soudain soucieux. Il leva ses mains tachées d'encre, hocha la tête, ronchonna, voulut dire, n'y parvint pas, grogna enfin :

– Évidemment, la situation est déplaisante.

– Par pitié, aidez-nous, dit Nan.

– Je ne peux changer vos destins, répondit le gardien

du seuil, pris d'impatience embarrassée contre le sort, contre lui-même, contre l'élan de compassion qui le débordait de partout.

Les amoureux se regardèrent. Il était à demi vaincu. Il replongea dans son registre, tourna trois pages, marmonna, réfléchit, compta sur ses doigts.

– Voici ce que je vous propose, dit-il enfin. Nan de Hu Ven, il te reste à passer sur terre soixante années, exactement. Si tu acceptes de donner une part de ton temps de vie à cette fille ici présente, elle pourra partir avec toi.

Qui bondit dans les bras de l'autre ? Nan, Torisi, riant, pleurant, s'étreignirent éperdument.

– Trente pour elle, autant pour moi ! s'écria Nan. Maître, merci !

Tibuan appela un chien endormi sur un tas de livres dans un recoin de son bureau.

– Suivez-le, dit-il aux amants.

Ils s'en furent, courant derrière, sur un chemin de cailloux blancs. Au bord d'un fleuve ils firent halte. Le chien plongea dans le courant. Torisi dit :

– Le monde est vaste. Comment nous retrouverons-nous ?

– Inscris ton nom sur mon sein gauche, j'inscrirai le mien sur ton cœur.

Ils le firent, du bout de l'ongle, puis ils s'enfoncèrent dans l'eau.

Nan dans sa chambre ouvrit les yeux, vit sa famille en pleurs, sourit et dit qu'il était amoureux. Dans son village, Torisi se réveilla parmi les fleurs répandues partout sur sa robe.

– Mon père, dit-elle, bonjour. Je vais bientôt me

marier. Le nom de mon époux est là, sous le drap et sous ma chemise.

Elle raconta son court voyage, parla de Nan, s'ensoleilla.

– Il viendra, dit-elle. Il est pauvre, mais il m'a offert un trésor.

On lui demanda :

– Quel est-il ?

Elle répondit :

– Trente ans de vie.

Après trois jours Nan vint chez elle. Sur leur poitrine on vit les noms, Nan, Torisi, ineffaçables, et chacun sut, ému aux larmes, qu'ils avaient dit la vérité.

Ils vécurent leur temps d'amour. Ils moururent le même jour, à la même heure, au même instant. On les mit au même tombeau. Depuis ce temps, dans leur pays, on dit des bienheureux amants que l'on sait à jamais unis :

– Ce sont des Nan et Torisi.

Et l'on rêve de cette grâce qui fait du monde un lieu béni.

## La femme squelette

Cette femme-là était belle comme une déesse en exil, mais elle avait la nuque raide. Elle rêvait plus haut que son front. Son cœur était fermé, la clé s'était perdue dans la neige d'un vieil hiver. Beaucoup la voulaient pour épouse, certains étaient de fiers gaillards. Elle les écoutait sur le seuil, un sourire sec à la bouche, elle examinait leurs cadeaux, distraitement, sans rien en dire, puis du bout des doigts les chassait. Elle ne les estimait pas plus que des fanfarons sans gibier.

Un jour vinrent deux étrangers. Ils entrèrent dans son igloo sans demander la permission. Leur poitrine était aussi large qu'un plumage d'aigle en plein vol et leur figure était si haute qu'ils durent courber leurs épaules pour s'avancer sous le plafond. Taciturnes, sauvages, avares de paroles, c'est ainsi qu'elle les vit car elle les regarda, ceux-là, avidement. Chacun la prit par un poignet. Elle aurait pu leur résister si son effroi l'avait voulu, mais son désir était plus fort. Quand ils sortirent sur le seuil, la porte resta grande ouverte. Ils ramassèrent leur fourrure au pied du mur de la maison et s'en furent sur le sentier avec la fille entre leurs corps. Ils allèrent ainsi un moment, puis elle sentit pousser des griffes au bout des poings qui la tenaient. Elle gémit, elle leva le front. Elle vit deux mufles qui flairaient la brise mouillée de la mer. Ils n'avaient plus visage humain. Ils étaient des bêtes sorcières. Ils étaient deux ours, droits et blancs.

Ils l'entraînèrent à la falaise et de son haut ils la poussèrent dans les fracas de l'océan. Elle hurla, elle tourbillonna. Elle s'enfonça dans les eaux grises, parmi les poissons éperdus. Elle tomba longtemps, jusqu'aux algues lentes. Elle ouvrit les yeux. Elle vit briller une lumière, au loin, comme un soleil noyé. Elle remonta vers ce jour vague.

Or, tandis qu'elle s'évertuait, battant des bras, poussant des jambes, mille bestioles carnassières vinrent sur elle et l'assaillirent, arrachèrent ses joues, ses seins, ses flancs, ses cuisses, ses entrailles. Elle s'acharna, la peau en loques, aveuglée par sa chevelure, appelant sans voix le ciel d'eau. Sa tête enfin sortit au jour, ses épaules, ses bras, son torse. Elle n'avait plus de chair sur l'os. Elle vit que son âme habitait le corps d'une femme squelette.

Elle s'en retourna sur la rive, s'assit contre un roc, le front bas. Jusqu'à la nuit elle grelotta. Où était son igloo d'enfance, sous le soleil de quel pays, dans quel coin perdu de sa vie ? Avait-il jamais existé ? Que faire quand on n'est plus rien qu'un être que le vent traverse sur un rivage sans chemins ? « Chanter puisque la voix me reste, tout me fut pris, même la peur, mais je peux encore chanter ce qu'il faut à mon corps pour vivre. Ne pas me plaindre mais chanter, même si personne n'entend. » Voilà ce qui lui vint au crâne, au ventre absent, au cœur défait. Elle se dressa face à la mer. Elle chanta pour une maison, pour un habit, pour une lampe, pour un lit, un garde-manger, puis sous le roc elle se coucha. Elle s'endormit. L'aube venue, elle vit sur la neige un igloo, un couteau planté dans la porte et dedans, sous la lampe à huile, quatre quartiers de caribou. Son chant était venu au monde. De ce jour, pour vivre, elle chanta, et ce qu'il lui fallait lui vint.

Un an passa, peut-être plus. Or, un matin, le vent lui porta des voix d'hommes. Elle venait de se réveiller. Elle sortit dans le jour naissant. Elle vit s'avancer trois chasseurs, au loin, le soleil sur l'épaule. Elle rit, elle agita les bras. Depuis combien de temps elle n'avait rencontré un visage, un regard ? Elle courut à ces gens en poussant des cris tendres. Ils l'aperçurent. Ils s'arrêtèrent. Elle leur sourit. Que virent-ils ? Deux yeux luisants dans des orbites, des dents sous des pommettes d'os, un rictus de mâchoire nue. Ils mirent le poing au couteau. Elle leur tendit ses mains, sa bouche. Alors ensemble ils reculèrent, ils s'enfuirent, hurlant au démon. Elle s'en revint à son igloo. Elle pensa : « Je leur ai fait peur. Je grince et craque de partout. Je vais vieillir et mourir seule. Jusqu'à quand puis-je vivre ainsi ? »

Les chasseurs, de retour chez eux, contèrent l'affaire à leur père.

– C'était une femme squelette. Elle était effrayante à voir. Elle a voulu toucher nos corps, nous dépecer, nous dévorer, ses dents claquaient comme des planches. Nous avons pu lui échapper. Elle courait moins vite que nous.

Le père leur dit :

– Je suis vieux, mes jours sont comptés. Qu'ai-je à perdre ? Demain matin j'irai la voir.

À l'aube il boucla sa ceinture, il chaussa ses bottes, il sortit. D'une poignée de neige il réveilla ses joues et s'en fut à l'igloo de la femme squelette. Il la trouva dehors, accroupie sur le seuil. Il lui dit :

– Salut, vieille femme.

Elle leva le front, répondit :

– Vieil homme, sois le bienvenu.

Elle se dressa, le fit entrer. Ils s'assirent sur les fourrures, ils mangèrent du caribou, puis la femme dit à son hôte :

– Mes chants me font vivre. Ils sont forts. Je chante la viande, elle est là. Je chante le feu, il s'allume. Je chante un lit neuf, il s'étend. Mais pour mon corps je ne peux rien, rien pour la chair que je n'ai pas, rien pour mes seins, pour mon visage, pour mes cuisses, mes pieds, mes mains, pour ma fente sous le nombril. Quel homme me les chantera ?

Le vieux s'en alla sur la lande. Il revint avec un tambour.

– Je l'ai fait pour toi, lui dit-il.

Il entra, il ferma la porte. Il laissa le soleil dehors. Il souffla la lampe de pierre. Alors la femme se coucha, et l'homme battit le tambour. Son chant monta, emplit l'igloo, se fit si juste et si poignant qu'il émut la plaine et le vent, se fit si noble et si profond que la houle de l'océan s'accorda à ses battements. La peau du ciel se fit tambour, et les dieux enfin réveillés entendirent le cœur du monde résonner jusque dans les rocs, jusque dans l'herbe et les buissons, jusque dans le corps des insectes, jusqu'au fond des temps oubliés.

Quand la lampe fut rallumée, la nuit, dehors, était venue. La femme n'était plus squelette. Elle avait des seins, un visage, une fente sous le nombril, des jambes, des bras, des mains lisses. Le vieux demanda :

– Es-tu bien ?

Elle répondit :

– La vie revient.

Elle se leva. Il se coucha. Alors elle serra le tambour entre ses cuisses et le battit. Son chant tonna toute la nuit, jusqu'à faire danser les astres, jusqu'à enivrer l'océan, jusqu'à faire jouir la terre, jusqu'à ouvrir, au fond du ciel, la porte enflammée du matin.

À l'aube le vieux n'avait plus la face grise et les bras secs. Ses rides s'étaient effacées. Il était vigoureux et vif comme la brise du jour neuf. Il était homme, elle était femme. Ils furent amants. Ce fut bien.

# Kolowissi

Sur le mont Tonnerre-Vivant était autrefois un village nommé Demeure-des-Oiseaux. Aujourd'hui il n'est plus que ruines, toits effondrés, foyers éteints, échelles brisées dans les herbes, mais au temps des lits amoureux et des parfums appétissants était au bord de la falaise parmi ses quatorze maisons celle d'un homme au cœur puissant. Il savait parler aux Esprits, il avait quatre fils, trois filles, et son aînée était si belle qu'elle intimidait les musiques, quand elle dansait, les nuits sacrées.

Au bas du sentier de ce mont était à l'ombre de trois arbres la source de Kolowissi, le serpent gardien des eaux vives. La jeune fille aux pieds ailés allait tous les jours s'y baigner, y laver aussi ses habits, ses sandales, sa chevelure, sans souci du maître invisible qui la regardait se pencher sur les mille scintillements de son vaste manteau mouvant. Elle ne croyait pas aux Esprits, ou les estimait négligeables. Elle ne voyait qu'elle dans l'eau.

Un matin, au bord de la source, elle découvrit un enfant nu. Il jouait à frapper les vagues, il s'éclaboussait en riant. Elle regarda l'air alentour, le prit dans ses bras, s'étonna. « Où est donc la mauvaise mère qui abandonne son petit à la faim des loups ? » se dit-elle. Elle l'amena dans sa maison, grimpa l'échelle de sa chambre, avec lui s'enferma dedans. Ils se mirent, sur le plancher, à jouer, trotter, gazouiller.

À midi ses sœurs l'appelèrent.

– Hé, Beauté, le repas est prêt ! Où est-elle encore partie ?

– À la source, dit la cadette.

Elle y courut, ne la vit pas, s'en revint, vaguement inquiète, grimpa jusqu'au palier des chambres, entrouvrit celle de l'aînée, la vit assise avec l'enfant dans des poussières de soleil. Elle s'en fut le dire à son père. Le vieux soudain se renfrogna. Il dit :

– Un enfant ? D'où vient-il ? Je flaire du mauvais mystère.

Ils déjeunèrent sans un mot, guettant les bruits légers, là-haut.

Sur le plancher au pied du lit l'enfant bâilla, frotta ses yeux. Elle le coucha sur la paillasse, elle s'allongea auprès de lui, la couverture sur la tête. Elle s'endormit. Le petit, non. Il resta les yeux grands ouverts. Il se mit à grandir des jambes, grandir du corps, grandir du cou, se couvrir d'écailles luisantes. Sa figure se fit serpent. Il s'étira tant et si long qu'il étreignit la fille entière, qu'il s'enroula autour du lit, qu'il emplit jusqu'aux murs la chambre. Sa gueule était énorme et plate. Il la posa sur l'endormie.

Vint la nuit, le prochain matin.

– Hé, Beauté, viens-t'en déjeuner !

Pas de réponse. La famille s'assit autour des plats fumants.

– Folles femmes ! grogna le vieux. Il suffit d'un petit enfant pour vous faire sortir du temps !

La cadette grimpa en hâte à la chambre de son aînée, voulut entrer, ne put ouvrir. Elle s'étonna, puis s'effraya. Elle appela ses sœurs, ses frères. Par une fente dans le bois ils virent qui était dedans. Ils en oublièrent l'échelle. Ils s'enfuirent de-ci, de-là dans les lointains de la maison. Le père monta sur le seuil. Face à la porte enserpentée, il dit ces mots :

– Kolowissi, je te parle et je te supplie. Mon aînée a troublé ta source. C'est une fille écervelée. Je t'offrirai des herbes rares, des plumes, des cailloux précieux, des feux parfumés et des graines, mais, s'il te plaît, vivant des eaux, délivre un instant mon enfant, qu'elle dise adieu à ses parents, puis quitte avec elle ces murs où elle naquit et fut heureuse, car elle est à toi, je le sens.

La porte s'abattit d'un coup. La fille, au centre des anneaux qui grinçaient autour de sa robe, se dressa, muette, égarée. Le serpent frémit, ondula, souleva son corps prodigieux, en fit une arche palpitante. Le père s'avança dessous, entraîna dehors son aînée. Tous étaient au pied de l'échelle, sa mère, ses frères, ses sœurs. Ils s'embrassèrent, gémissants. Le vieux dit :

– Allons à la source. Nous ferons ce que j'ai promis au grand serpent Kolowissi, puis tu partiras avec lui. C'est ce que tu veux, je le sais. Tu t'es baignée nue si souvent sous les mille éclats de ses yeux !

La fille pleura et cria, s'agrippa au cou de sa mère. On lui mit sa robe brodée, ses boucles d'oreilles d'argent, ses quatre colliers d'émeraude, ses bracelets d'agate et d'or, enfin on peignit sur ses joues le cercle

rouge des danseurs. On descendit au bord de l'eau. On accomplit ce qu'il fallait. Le vieux fit quatre pas vers l'ouest pour ouvrir le chemin sacré. Il prit sa fille par la main.
– Va, ma Beauté, sèche tes larmes et appelle Kolowissi.
Elle s'en alla vers le couchant. Elle cria le nom du serpent.

La longue bête descendit de la chambre où elle attendait. Entre les maisons du village elle s'en fut, la gueule dressée. Une avalanche de cailloux sous son corps dévala du mont. Quand sa tête atteignit la fille, sa queue était encore en haut, à battre les murs et les portes. Sur l'épaule de la Beauté elle posa sa mâchoire froide. Ils prirent la piste des loups qui longeait les rocs du torrent, franchirent la Montagne Bleue.

Alors le maître des eaux vives se changea en bel homme droit. Ses écailles rapetissées se glissèrent sous son manteau. Ses habits étaient magnifiques, ornés de cuivre et de miroirs. Il dit :
– Beauté, repose-toi.
Sa voix sur la joue de la fille n'était qu'un murmure sifflant. Elle marchait la nuque courbée, elle crut que le serpent parlait. Elle frissonna. Il dit encore :
– Beauté, n'es-tu pas fatiguée ?
Elle tourna la tête à demi, les mains serrées contre son col. Elle vit cet homme magnifique qui cheminait à son côté.
– Parle-moi, Beauté, ne crains pas.
– Je ne peux, dit-elle. J'ai honte.
– Qu'as-tu fait qui te pèse tant ?
– J'ai quitté ma maison d'enfance avec un être hor-

rifiant, sa gueule était sur mon épaule, elle était froide, elle était lourde comme les ans sur un vieillard.

– Beauté, je ne t'ai pas quittée. Où est ce monstre qui t'effraie ?

Elle s'arrêta sur le chemin, tourna la tête à droite, à gauche, regarda partout, les yeux grands.

– C'était un immense serpent. Son nom était Kolowissi. Il s'est enfui, je ne sais où.

– Ma Beauté, il est toujours là. Il te regarde et il te parle. Il t'aime. Veux-tu bien l'aimer ?

– Est-ce toi, seigneur, est-ce toi ?

– Tu seras reine des eaux vives.

Elle en oublia sa maison.

Ils cheminèrent jusqu'au soir. Comme le soleil s'éteignait, ils firent halte au bord d'un lac. Ensemble ils franchirent la porte. On ne les revit jamais plus.

# La trois fois tuée

Roushy-Ousa, quelle beauté ! Elle était ondulante et svelte comme la reine des roseaux. Son regard faisait rire Dieu, les étoiles tombaient du ciel et se changeaient en graines d'or pour nicher dans sa chevelure, les âmes des enfants futurs voletaient autour de son corps en la suppliant d'être mère et les caresses de ses mains auraient fait gémir les lions s'ils avaient osé l'approcher.

Avec les filles du village elle s'en alla un matin frais à la colline des manguiers. Longue file sur le sentier, robes vives, rires pointus, pas légers, chants offerts au vent. Roushy-Ousa allait en tête. Sur le chemin leur vint un champ où travaillaient des laboureurs.

– Venez là, merveilles, miracles ! Voyez ces voleuses de cœurs ! Voyez comme leurs hanches dansent ! Voyez celle qui les conduit, le soleil lui baise les pieds ! Oh, sa noblesse, sa beauté ! C'est Roushy-Ousa la joyeuse, la pure aux sandales ailées !

Elles passèrent en hâte, craintives, l'une l'autre se bousculant. Les cris des hommes s'éteignirent, derrière elles, le long du champ. Une voix dit parmi les filles :

– On voit celle qui va devant. Et nous, les autres ? des passantes ! Roushy-Ousa, viens au milieu !

Elles parvinrent près d'une source où s'abreuvaient des voyageurs.

– Où courez-vous, fées et déesses ? Voulez-vous boire dans nos mains ? Pas toi, ni toi, non, votre reine, Roushy-Ousa la sans pareille ! Même à l'ombre elle est au soleil !

Les jeunes filles s'éloignèrent, le front bas et la bouche arquée. Une voix vinaigrée couina :

– On voit celle du beau milieu. Là chemine la fortunée, la mère du chef, la hautaine quand elle voyage avec ses gens. Nous, les autres, autour de sa robe ? Ses esclaves, ses portefaix ! Roushy-Ousa, marche derrière !

Une prairie vint sous le vent. Des archers aiguisaient leurs flèches, penchés sur un feu crépitant. Ils se dressèrent, s'écrièrent :

– Voyez ces musiques vivantes, ces rêves sortis de la nuit ! Et quelle est donc cette lumière, cette déesse qui les suit ? On dirait qu'elle va son chemin sur un tapis de plumes d'aigle ! On l'appelle Roushy-Ousa. Oh, l'ardente ! Oh, fruit de l'amour !

Les dents des jalouses grincèrent comme la craie sur le caillou. L'une pensa : « Qu'elle tombe morte ! » Une autre gronda :

– Tuons-la.

– Son esprit gâtera nos vies, dit une peureuse à voix basse, la bouche derrière la main.

– Tais-toi, folle, prends le couteau.

– Sa mort pèsera sur nos têtes, nous aurons des enfants chétifs !

– Donne-moi la pierre pointue.

– Tuer, c'est le mauvais chemin !

Ce fut celui-là qu'elles choisirent. Les filles trouèrent le front et le sein de Roushy-Ousa. Elles l'enterrèrent tête en bas pour que son âme tombe loin dans le royaume des ancêtres, puis les mains encore sanglantes et le cœur barbouillé de boue elles reprirent leur route longue vers la colline des manguiers.

Alors dans la terre mouillée la vie revint au corps splendide. Il se tordit, se fit racine, se fit germe et rameau de bois, se hissa droit dans l'air limpide, se fit ébène défeuillé, trique dure, bâton nerveux, svelte comme Roushy-Ousa revenue vive des ténèbres. Trique d'Ébène s'élança à la poursuite des méchantes. Elle les rejoignit. Elle chanta :

*Cœur et corps et âme de bois,*
*moi aussi, je veux être heureuse !*
*Je suis Roushy, je suis Ousa,*
*attendez-moi, mes sœurs tueuses !*

Elles franchirent un gué de torrent, s'enfoncèrent sous les feuillages, cheminèrent en silence lourd. Elles passèrent devant les huttes d'une troupe de charbonniers.

– Où courez-vous, folles merveilles ? Venez à nos charbons ardents ! Mais qui danse, là, sur vos têtes ? Un oiseau ? Non, Trique d'Ébène ! Qu'elle est belle ! Qu'elle chante bien ! Laissez-nous l'écouter, vous autres. Silence, allez votre chemin !

Elles s'en furent par le sous-bois. L'une pensa : « Maudit bâton ! » Une enragée grogna du nez et laissa tomber de sa bouche :

– Brisons, brûlons, éparpillons.
– Brûler une Trique d'Ébène ? dit la craintive, dans son dos. Misère, nous serions maudites !
– Tais-toi, folle. Allume le feu.
– Elle nous protège des brigands !
Brûler était le chemin fou. Ce fut celui-là qu'elles choisirent.

Le feu dévora le bâton. Trique d'Ébène se fit cendres. On les jeta dans le torrent. L'eau vivace les rassembla, les rendit aux rocs du rivage. Le soleil vint et les pétrit, il fit d'elles une meule ronde incrustée de grains d'or, d'argent aussi rieurs et scintillants que les yeux de Roushy-Ousa. Elle prit vie, elle prit voix, roula à la poursuite des méchantes.

*Moi aussi je veux être heureuse !*
*Je suis Roushy, je suis Ousa,*
*attendez-moi, mes sœurs tueuses !*

Elles coururent, les bras au ciel. Elles dépassèrent la colline. Elles oublièrent les manguiers.

Au bord d'un fleuve elles rencontrèrent sept pêcheurs aux filets volants.
– Venez vous baigner, belles filles, ôtez vos pagnes, vos colliers ! Oh, regardez qui les poursuit ! Une meule aux mille regards ! Elle ressemble à Roushy-Ousa ! Quelle splendeur ! Saluez, hommes !
Elles s'éloignèrent sur la rive, firent halte derrière un roc. L'une pensa : « Qu'il pleuve et vente, que le feu du ciel la foudroie ! » Une autre dit :
– Écrasons-la.
– La meule est sacrée, malheureuse !

– Tais-toi. Donne-moi le marteau.
– Elle changera nos cœurs en pierres, nous ne saurons jamais aimer !
Briser était le chemin froid. Ce fut celui-là qu'elles choisirent.

La meule fut fendue en deux, en dix, en cent, en mille éclats. Quand elle ne fut plus que poussière, elle s'enfonça dans un bourbier. Du bourbier naquit une tige, sur la tige une fleur s'ouvrit et la fleur se fit calebasse, et la calebasse grossit, le soleil l'ouvrit, la vida, mit au monde un pot rebondi, et ce pot s'en alla roulant à la poursuite des fuyardes.

*Je suis Roushy, je suis Ousa,*
*attendez-moi, mes sœurs tueuses !*

Elle les vit au bord d'un étang. Des bergers leur vinrent devant. Ils étaient beaux comme des lunes parmi leurs troupeaux nonchalants. Ils accueillirent les méchantes, leur firent place autour du feu, puis leur offrirent de l'eau fraîche, des épis de maïs grillé, des fruits rouges, des mots de miel. Chacun choisit sa fiancée. Ils étaient huit. Elles étaient sept. Le dernier se retrouva seul.

On l'appelait Fils-de-Tambour. Ses aïeux et sa destinée avaient fait de lui un poète. La calebasse vint à lui. Il la prit contre sa poitrine. Tous deux étaient de même peau, luisante, lisse, palpitante, parfumée d'épices, de vent. Ses compagnons le désignèrent aux mauvaises qui ronronnaient, lovées au chaud contre leur flanc.
– Avez-vous vu Fils-de-Tambour ? Et son amie, l'avez-vous vue ? Hé, le fou, est-elle amoureuse ?

On rit, on se moqua de lui, puis on joua, on se baisa, on roula dans les hautes herbes. Sous un buisson de papyrus à l'écart de l'heureuse troupe le solitaire s'endormit, la tempe sur le ventre dur de son étrange fiancée.

Le lendemain les huit bergers menèrent les filles au village. Feux et danses, chants et folies, bannières, masques, vœux, festins, sept hommes et femmes s'épousèrent. Fils-de-Tambour après les autres chanta son poème à l'aimée. Qui était-elle ? Un ustensile, une pauvre courge évidée ! On railla sa stupidité. Mais qu'importait à l'amoureux ? Le Créateur n'eût pu trouver plus fières, plus tendres paroles pour accueillir dans son jardin le soleil du premier matin. Il confia son épousée à la garde de sa cadette. Elle grimaça, les mains aux joues.

– Une calebasse, ta femme ? Tu me fais honte, frère aîné !

Elle la suspendit dans la cour et s'en fut aux travaux du jour.

Passant près d'elle, au soir tombé :

– La calebasse de mon frère ne nettoie pas les pots de lait ! Que le diable lui troue la peau !

Elle alla dormir, se leva, sortit à l'aube à peine née. Elle cracha dans l'herbe mouillée.

– La calebasse de mon frère ne cuit pas les gâteaux de mil ! Que le diable la décarcasse !

Elle s'en fut tisonner les braises. Au soleil pesant de midi, elle s'assit à l'ombre du mur.

– La calebasse de mon frère ne passe jamais le balai ! Que le diable la crache au vent !

Elle fit son travail ménager. À l'heure où le soleil s'endort, elle vint se planter devant elle.

– Calebasse qui ne dit rien, qui ne fait rien, qui ne veut rien, parle-moi, sinon je te tue !

Une voix ténue répondit :

– Sœur cadette de mon époux, je me cache, pardonne-moi, le jour m'effraie, la nuit aussi, je suis Roushy-Ousa l'ardente, trois fois tuée, brûlée, brisée !

– Allons, ma sœur, cria la fille, cesse donc tes pleurnicheries, viens m'aider à faire les lits !

La resplendissante épousée descendit de la calebasse. Fils-de-Tambour vint à la nuit. Il la vit. Il s'émerveilla.

Le lendemain il dit aux gens :

– Pour la plus belle des épouses, la plus belle fête de l'an !

Il amena Roushy-Ousa sous une ombrelle de lin blanc. Tous autour d'elle s'inclinèrent. Les hommes devant ses pieds nus balayèrent les brins de paille, les poussières, les cailloux fins. Les tueuses ne dirent rien.

# La tache

Autrefois vécut un guerrier qui se trouva cinq ans durant pris de passion pour une femme. Elle était subtile, sensible, fraîche et belle comme un printemps, sauf qu'elle avait dans son œil droit un point blanc, une tache infime aussi menue qu'un grain de sel. L'homme, d'abord, ne la vit pas. Le temps passa. Hélas, tout passe. Son cœur brûlant se refroidit. Il fronça, un jour, les sourcils.

– Femme, dit-il, viens au soleil, que je voie de près ta figure. Tu as une tache dans l'œil. Depuis quand est-elle apparue ?

Elle répondit, la tête basse :

– Depuis que tu ne m'aimes plus.

# Ibrahim et Jamila

El Kacib, le sultan d'Égypte, fut en ces temps aventureux le plus fortuné des vivants. Il avait un fils magnifique. Quel trésor vaut ce bonheur-là ? Ibrahim, le fruit de sa chair, avait les yeux de diamant noir de la sultane son épouse, il avait la haute carrure et le pas fier de ses aïeux, mais la musique de sa voix, la grâce ardente de son air, l'intelligence de son front où se reflétait le soleil, il ne les devait à personne, sauf à l'infini Créateur des merveilles de ce bas monde.

Or il advint (Dieu le voulut) qu'un paisible jour de printemps, comme il allait à la mosquée, Ibrahim passant par le souk se sentit soudain attiré par la boutique d'un libraire que rien pourtant ne distinguait de ses voisins enluminés. Il descendit de son cheval, alla s'accroupir sous l'auvent où sommeillaient des flots de livres sous leurs couvertures fanées. Il se mit à les feuilleter, à les humer, distraitement. Comme il se laissait enivrer par les délicieuses senteurs du vieux savoir parcheminé, lui vint à l'œil, en pleine page, un portrait qui le fascina. Une jeune princesse peinte lui souriait, le regardait avec une amitié si vive qu'elle en était presque animée. Il pensa, stupéfait : « Je rêve. » Et comme il restait ébahi, il crut un instant deviner, dans le regard de cette image, un aiguillon de moquerie. Il la désigna au libraire, et la voix soudain enrouée :

– Qui est, dit-il, cette beauté ?

L'autre lui répondit :

– Seigneur, je l'ignore, pardonne-moi. Seul figure sur le feuillet le nom de celui qui l'a peinte, Abou Kacem Sendelani. Je le connais. Il est marchand, il vit à Bagdad, il est riche. Je ne saurais en dire plus.

– Ce portrait, vieil homme, combien ? Je t'en donne ce que tu veux.

– Je te l'offre, dit le vieil homme. Ta présence m'est un bonheur, ton plaisir me paie mille fois !

Ibrahim fut à la mosquée, l'esprit, le cœur et l'âme ailleurs, s'en revint en laissant aller sa monture au gré des ruelles, puis se perdit dans son palais, aveugle à tout sauf au visage qu'il contemplait, le dos courbé, butant contre les serviteurs, les meubles, les portes fermées. Dès qu'il eut retrouvé sa chambre, il emplit d'or un sac de cuir, s'en fut en hâte à son cheval, bondit en selle, éperonna, franchit la porte de la ville. Il chevaucha furieusement, son manteau blanc offert au vent, jusqu'au désert éblouissant.

Il y rencontra un bédouin qui menait ses quatre chameaux parmi les rares buissons gris.

– La paix sur ta tête, mon oncle ! Combien de jours jusqu'à Bagdad ?

– Que Dieu te prenne par la main car tu pars pour un long voyage. Dix semaines, droit au Levant !

– Cent pièces d'or et mon cheval si tu m'y conduis en un mois !

Après trente jours harassants vint la cité aux remparts fauves devant leurs sourcils poussiéreux.

Ibrahim entra dans la ville, chercha le quartier des marchands, demanda le long des échoppes où habitait le noble cheikh Abou Kacem Sendelani, s'en fut au gré des doigts tendus vers des horizons de ruelles. Il parvint enfin à sa porte. Elle était peinte d'oisillons voletant parmi des rosiers. Un esclave vint l'accueillir, le précéda dans la maison. Partout n'étaient que bois précieux, marbres sculptés, tapis de soie, murmures rieurs de fontaines. On le conduisit jusqu'au maître de ces lieux lumineux et frais. C'était un homme vénérable aux mains baguées, au ventre rond. Un chien blanc et quatre servantes attendaient ses ordres, à ses pieds.

– Seigneur, dit le prince Ibrahim, que Dieu protège ta demeure. Je viens de la cité du Caire, et ton pays m'est étranger. Je cherche un logis à louer.

Abou Kacem ouvrit les bras.

– Sois le bienvenu, lui dit-il. Un voyageur, c'est Dieu qui passe avec ses trésors de bonté ! Accepte l'hospitalité d'un homme qui courut le monde et qui traversa les chagrins de ceux qui n'ont ni feu ni lieu. Je suis ton humble serviteur, et mes esclaves sont les tiennes.

Une chambre lui fut offerte, un dîner, un concert de luth, puis Ibrahim devant son hôte sortit de son sac le portrait empoussiéré par le désert.

– Bienveillant ami, lui dit-il, je suis le fils du roi d'Égypte. J'ai laissé mon père en souci, car je l'ai fui comme un voleur, sans qu'il sache rien du voyage qui m'a mené jusque chez toi. Regarde donc cette beauté. Après avoir vu son image, j'ai connu la folie d'aimer. Tu l'as peinte. Tu la connais. Toi seul peux faire mon salut. Frère, dis-moi où la trouver, et je cours lui donner ma vie. Mais si tu m'apprends, par malheur, qu'elle n'est plus vivante en ce monde, adieu, je pars pour l'au-delà.

– Ô jeune fou, que Dieu t'assiste, lui répondit Abou Kacem. Cette figure de déesse est celle de la fille aînée d'Abou Leys, sultan de Basra. Son nom, puis-je le prononcer ? Pourquoi ne suis-je pas muet ? C'est l'intraitable Jamila, la désirable, la splendide ! Elle hait les hommes, sache-le. J'ai osé l'aimer, autrefois. L'aimer ? Que dis-je ? L'entrevoir par une fente de rideau, dans l'appartement de son père. Elle a ordonné qu'on me tue. J'ai dû quitter Basra en hâte, sous une grêle de poignards. Si j'ai peint d'elle ce portrait, c'est pour me venger de sa rage et de l'effroi que j'ai souffert. J'ai voulu que l'on puisse voir celle qui fait assassiner les moindres vivants de ce monde, pour peu qu'ils aient poil au menton et qu'ils l'aient regardée passer. Quiconque l'approche est perdu. Oublie son nom et son visage. Ô fils de roi, ô fortuné, tu es trop beau, trop jeune encore pour mourir aussi pauvrement !

– S'il me faut quitter ce bas monde, qu'elle ordonne et j'obéirai. Elle est ma vie. Qu'elle soit ma mort ! Abou Kacem, pardonne-moi. Dès l'aube je pars pour Basra !

– L'amoureux est comme le vent, on ne peut lui passer la bride ! Va, mon frère, puisque tu dois. Le plus beau de mes cent bateaux t'amènera dans cette ville où ton destin te dit d'aller. Avec l'aide du Tout-Puissant, tu y seras dans douze jours. Évite le palais royal, on y meurt comme en temps de guerre chaque fois qu'en sort Jamila. Va chez le juge des marchands, c'est un ami de ma famille. Il est rusé comme un vieux chat. Il t'aidera si tu dois vivre, il te pleurera si tu meurs.

Ibrahim embrassa son hôte, s'en fut, voiles au vent, sur la mer et parvint par temps délicieux au port de Basra l'opulente. Son cœur grelottait de souci. Dans le ciel, pas la moindre ride, elles étaient toutes sur son front. « Mourir, se disait-il sans cesse. S'il m'est interdit d'être aimé, mourir, son pied sur mes cheveux ! » Il fut noblement accueilli dans l'ombreuse et sage demeure de ce vieux juge au vaste front dont l'œil aussitôt s'éclaira dès qu'il eut prononcé le nom d'Abou Kacem Sendelani. Il lui offrit du thé, des dattes et des galettes de froment, après quoi, voyant le jeune homme plus déconfit qu'un chien mouillé :

– Ami de mon ami, dit-il, quel mal te dévore le foie ? La lumière de ton regard ferait battre le cœur des pierres. Il n'est pas de femme ici-bas qui n'aimerait te consoler. Dis-moi celle que tu désires, je vais à l'instant la chercher.

Ibrahim répondit :

– Mon oncle, celle qui me poigne le cœur est Jamila, la fille aînée du sultan de cette cité.

– Malheur sur ta tête bouclée ! s'écria soudain le vieillard en prenant à deux mains sa tête.

Il trotta, tremblant, à la porte, risqua un œil dans le couloir, s'en fut aux volets entr'ouverts, se pencha sur la rue déserte, s'en revint, les bras agités.

– Béni soit le Seigneur des mondes, son nom n'a pas franchi ces murs. Sais-tu que nous risquons la mort si l'on nous entend parler d'elle ? Pauvre amant de l'inaccessible, aime plus bas, je t'en supplie !

– Son cœur est ma terre promise, rien ne saurait m'en détourner. Je maudirais ma propre vie si je suivais une autre route. Vieillard, par pitié, aide-moi !

– Dieu le veut. Qu'Il guide tes pas ! Je connais le maître tailleur qui habille cette princesse dont je ne peux dire le nom. Va ce soir jusqu'à sa boutique. Il est pingre comme un corbeau. Vide ta bourse dans ses poches, peut-être t'assistera-t-il. Embrasse-moi, fils de l'amour. Je crains de ne plus te revoir !

Ibrahim s'en fut chez cet homme. C'était un bossu au long nez, au long cou, aux petits lorgnons. L'amoureux fit tinter sa bourse devant sa figure absorbée par un point d'ourlet de tunique.

– Je veux voir celle que tu sers.

– Pardon, mon prince, je travaille, et tu fais peur à ma bougie. Veux-tu ma mort ?

– J'aime la vie.

– Assurément tu vas la perdre. Tu n'auras plus besoin de rien, ni de conseils, ni de ton or.

Il tendit sa pogne crochue, saisit la bourse rebondie, enfouit prestement sa récolte dans un froissement de tissu et se remit à son ouvrage.

– Demain, dit-il, le front penché comme s'il parlait à son fil, dans son palais du bord de l'eau, demain, peut-être dans deux jours ou peut-être dans trois ou quatre la fille aînée de mon sultan viendra quelque temps séjourner en compagnie de ses servantes. Sur la rive sont douze marches, deux colombes de marbre blanc, une porte de bois ferré environnée de vigne vierge. C'est le seuil secret du jardin où ma maîtresse aime s'ébattre. Là se tient mon frère jumeau. Il est borgne. Chance pour toi. Dix pièces d'or sur son œil sain devraient suffire à l'endormir.

– Dieu t'entende, marchand d'espoir !

Il s'en alla sans autre mot.

À peine le jour revenu Ibrahim loua une barque, s'en fut dans les brumes de l'aube jusqu'à la porte au bord de l'eau ornée du couple d'oiseaux blancs. En haut des marches était un homme. Il crut voir le tailleur d'habits. Même figure, même bosse, mais point de lorgnons sur le nez. Un œil ouvert, l'autre fermé. Il vint à lui, le salua. Murmures dans le matin frais :

– La princesse est-elle venue ?

– Fuis, bel homme, elle vient aujourd'hui.

– Jardinier, ouvre-moi la porte.

– Es-tu fou ? Si jeune, si beau, veux-tu déjà franchir le seuil du royaume de l'au-delà ?

– Ouvre et dors. Tu rêves, je passe.

Il posa sur son regard simple une bourse aux cordons de cuir qu'il noua derrière sa tête. L'autre à tâtons baisa sa main, déverrouilla, entrebâilla, poussa dedans son visiteur et se coucha sous les colombes.

Le jardin s'éveillait à peine. Il était beau comme l'Éden au premier matin de la vie. Rosiers, volières, arbres heureux, tout y était si accueillant qu'Ibrahim, errant çà et là parmi les musiques de l'aube, en oublia de se cacher. La demeure de marbre blanc bruissait déjà dans l'ombre tendre d'un bouquet de vieux orangers. Il entendit bientôt des rires, des accords de flûtes, de luths. Il s'enfonça dans un buisson. Apparurent sur le perron une douzaine de servantes encombrées de paniers de fruits, des musiciennes, une vieillarde qui avait du mal à les suivre et rageait de les voir courir. Il aperçut au milieu d'elles le visage de Jamila, vivant, joyeux, éblouissant, miraculeux au soleil neuf. Il ne put tenir une plainte. Elle fit halte au seuil du jardin, imposa silence à ses filles qui lui virevoltaient autour. Elle dit :

– Un homme nous épie.

Il ne fut plus qu'un cœur battant. Il pensa, sous les

branches basses où il se tenait accroupi : « Je vais mourir au paradis ! » Elle s'avança, soudain raidie. Dans son poing luisait une dague. Il se dressa, il vint à elle, offert à la mort, à la vie, aux mille lumières du jour. Les servantes firent silence, et les oiseaux dans la feuillée. La brise aussi retint son souffle. Le soleil parut se pencher et poser ses mains frémissantes sur l'une et l'autre tête nue. Jamila laissa choir son arme. L'acier tinta sur un caillou.

– À Dieu merci, murmura-t-elle.

Ils s'agenouillèrent dans l'herbe, face à face, d'un même élan. Elle dit :

– Bonjour, prince Ibrahim, fils d'El Kacib, sultan d'Égypte. Je savais que tu me viendrais, toi dont je garde le portrait contre ma peau, sous le sein gauche, depuis ce jour où je l'ai vu dans un livre ouvert par le vent à l'étalage d'un libraire. Toi pour qui je me suis gardée, que j'ai tous les jours appelé, je savais que tu m'entendrais et que je te dirais ces mots mille et mille fois murmurés à ton image dans ma chambre. J'ai voulu qu'aucun homme au monde ne me regarde sans périr pour n'être qu'à toi seul vivante, à toi seul offerte à jamais. Béni fut le temps de l'attente. Bénis soient nos regards unis.

Leurs noces furent mémorables. Leur amour fut comme ces feux que les vents ravivent sans cesse, qu'aucune tempête n'éteint.

# L’esclave

Un sultan avait une fille ornée de dons époustouflants. Elle était le plus pur diamant de sa paternelle couronne. Elle était aussi son tourment, car les buissons de l’épouvante poussent sur les trésors du cœur. Tous les matins il priait Dieu de la garder du mauvais œil et des épines de ses roses. Même les sources se mouraient de ne pouvoir baiser ses lèvres. Même les fées la jalousaient. Sa beauté était aussi rare qu’un soleil au front de la nuit.

Ce sultan avait un esclave. Et quel esclave, Dieu du Ciel ! Il était si resplendissant que les anges du paradis, quand ils rencontraient son regard, pleuraient de n’être pas des femmes. On apercevait sa figure, et l’on ne voyait plus le jour. Il advint, comme par hasard, que la fille aimée de son père le vit traverser son jardin. Son cœur aussitôt explosa, son esprit partit en fumée, mille rossignols gazouillèrent sur les ruines de sa raison. Le soir venu elle s’efforça d’apaiser la folle musique qui faisait danser sa vertu. Impossible, hélas. Elle aimait. Elle arpenta cent fois sa chambre, rongea ses doigts, pria la nuit de rafraîchir son corps flambant, maudit l’absence de celui qu’elle désirait tant auprès d’elle. Au petit jour, elle déborda.

Ses dix demoiselles d'honneur étaient d'émouvantes chanteuses. Leurs voix mêlées au son des luths embaumaient l'âme, ouvraient le cœur. La princesse, à bout de patience, auprès d'elles se confessa.

– Je renonce à tout, leur dit-elle, à ma noblesse, à mon honneur. À quoi bon vivre, mes amies, s'il me faut désirer en vain ? Et pourtant, comment lui parler ? Si je lui confie que je l'aime, il va, c'est sûr, risquer la mort, imprudent comme je le sens ! Et puis je suis de sang royal. Moi, princesse, aimer un esclave ! Quel scandale ! Quelle folie ! Mais si je ne lui parle pas, misère de moi, j'en mourrai. J'ai lu cent livres de sagesse. Rien n'y fait. Rien ! Je n'en peux plus. Si seulement, sans qu'il le sache, je pouvais une heure, un instant, l'approcher, le voir, le toucher !

– Princesse, quelle bonne idée ! s'exclamèrent ses dix compagnes. Sèche tes pleurs. Réjouis-toi. Nous l'amènerons cette nuit dans ta chambre, en catimini. Il ne s'apercevra de rien.

Elles préparèrent un élixir fait de vin, de miel de rosier et d'un somnifère secret volé chez un docteur aveugle. L'une d'elles s'en fut l'offrir, dans un bol empli à ras bord, au bel esclave éberlué qui somnolait dans la soupente où il avait son lit de foin. Elle lui fit boire le breuvage entre ses seins à demi nus. Il avala. Il s'endormit. Les deux mondes auraient pu crouler sans lui soulever la paupière. L'affaire était en bon chemin.

Les demoiselles, l'œil rieur, transportèrent l'inanimé dans la chambre de leur maîtresse, le posèrent sur un fauteuil, ornèrent son front de diamants, son cou d'un collier d'émeraudes, ses poignets de bracelets d'or. Vers minuit il ouvrit un œil et considéra l'alentour, vaguement, à travers ses brumes. Il vit çà et là des tapis, des divans en tissu précieux, des chandelles parfumées d'ambre, des cassolettes d'aloès. Les filles lui vinrent devant. Un chant si tendre s'éleva de leurs dix bouches entr'ouvertes, une danse tant amoureuse fit onduler leur taille nue que la raison quitta son crâne et son crâne oublia son corps. Les coupes de vin, soleils rouges, circulèrent de main en main dans la lumière des bougies. La princesse enfin s'approcha de son aimé abasourdi, souleva le voile de soie qui dissimulait son visage. Il faillit en perdre l'esprit. Un vertige ébloui le prit. Sa langue sécha dans sa bouche. Sa poitrine gonfla, gémit. « Doux Seigneur, se dit-il, où suis-je, dans quel étrange paradis ? » Son amoureuse se pencha, déposa sur sa bouche bée un furieux baiser de brigande, répandit sur lui ses cheveux et sanglotant de désir fou dévêtit ensemble leurs corps. Évanoui les yeux ouverts, l'esprit gelé, le cœur en feu, il jouit d'amour comme en songe jusqu'aux lueurs du petit jour. Il avait bu abondamment. L'ivresse à nouveau l'endormit. Les demoiselles le couchèrent sur le lit mouvant de leurs bras et le ramenèrent chez lui.

Les sens peu à peu lui revinrent. Il s'effraya, se prit le front, explora son esprit pantois. Il fit plus que se lamenter. Il fit naufrage, corps et biens. La nuit qu'il avait traversée ne contenait pas dans son crâne. Mais l'avait-il vraiment vécue ? Le désespoir le submergea. Le voyant ainsi hébété, ses frères esclaves s'émurent. On lui dit :

– Parle, par pitié. Quel démon te dévore l'âme ?

Il répondit :

– Ce que j'ai vu est proprement inexprimable. J'étais ivre et pourtant conscient. Si j'ai imaginé cela, mes pauvres amis, je suis fou. Et si je l'ai connu, c'est pire. Je suis un mystère vivant. Impossible de concevoir un tel gouffre en plein paradis !

On insista :

– Dis-nous au moins l'une de ces choses étranges qui ont ravagé ton esprit !

Il répondit :

– Je ne sais plus. Qui a vécu ces bonheurs-là ? Peut-être moi, peut-être un autre. Ai-je vu ces pures merveilles ? Ai-je entendu ces chants d'amour ? Assurément. Pourtant, qui sait ?

On rit, on haussa les épaules.

– Tu as dû rêver, lui dit-on.

Il gémit :

– Je ne dormais pas. Ou plutôt je ne sais plus bien si j'étais éveillé ou non. J'étais ivre ? Cela se peut. Il me semble pourtant que non. Comment dire ? Comment me taire ? Je sais mais ne peux rien prouver. Il ne subsiste aucune trace de ce que j'ai fait et vécu. Pourtant qui pourrait l'effacer ? J'ai vu la beauté faite femme, impossible même à rêver. Que pourrais-je vous dire d'autre ? Est-elle venue devant moi ? Certes oui, j'ai senti sa bouche. Elle a pris mon cœur dans sa main. Malheur, il ne m'en reste rien !

Il se leva, il s'en alla.

– Où vas-tu ?

– Frères, je l'ignore.

Il franchit le seuil du palais, s'en fut droit à travers la ville, prit le chemin des horizons, marcha sans guère de repos de village en cité nouvelle.

Qu'on lui demande :

– Qui es-tu ?

Il répondait :

– Peut-être un homme, ou peut-être un songe perdu.

Il mourut sur un bord de route en parlant d'amour aux oiseaux.

## Le jour où Ayaz fut malade

Mahmud était l'ami d'Ayaz. Confidents ? Proches ? C'est peu dire. Unis comme l'ongle et le doigt, ainsi étaient ces deux vivants. Où souffrait l'un, l'autre avait mal. Que Mahmud questionne son cœur sans que soit dit le moindre mot, Ayaz aussitôt répondait ce que l'autre devait entendre. Ayaz, pourtant, était esclave. Il était démuni de tout. Son compagnon était sultan. Il avait la toute-puissance, autre façon de n'avoir rien, selon le sentiment des sages. L'amour les tenait dans sa main.

« Ayaz à la blanche poitrine », c'était ainsi qu'on l'appelait, tant la lumière aimait son corps. Son nom seul suffisait à parfumer les bouches. Il avait longtemps cheminé dans la poussière du désert, assoiffé d'amitié divine, l'œil sans cesse loin devant lui. Il mendiait son pain de vie quand il parvint dans la cité où régnait le plus redouté des conquérants de ce bas monde. Mahmud un jour avait fait halte sur les marches de son palais où l'errant tendait sa main creuse. Il l'avait longtemps contemplé. Il l'avait pris à son service. Il avait goûté ses conseils, toujours simples, sûrs, jamais bas. Il avait fait de lui son frère et le familier de son cœur.

Or, Ayaz, un matin, se sentit pâlichon. L'œil mauvais d'un chat noir s'était posé sur lui. Bref, il était malade, et Mahmud s'attrista. Il consulta son pouls, sa langue.

– Dieu te protège, lui dit-il. Couche-toi, bois de la tisane, et si tu souffres, appelle-moi.

Ayaz s'en revint donc au lit et tira le drap sur sa tête, gémissant, perclus de partout, fiévreux comme un damné au four. Son maître, au soir venu, s'enquit de son état. Il lui fut répondu qu'Ayaz n'allait pas mieux. Alors Mahmud, inquiet, dicta pour lui ces mots à son scribe égyptien : « Nous voilà privés l'un de l'autre. Hélas, la maladie t'étreint autant qu'elle me donne souci. Tu vas mal, je ne vais pas bien, et je ne sais qui de nous deux endure le pire supplice. Mon corps est éloigné de toi, mais sache que mon âme est là, plus proche de ton être aimé que ton âme l'est de toi-même. Pas un instant elle ne te quitte. Elle te désire et te bénit. »

Ayant ainsi parlé, il prévint rudement le serviteur chargé de porter le message :

– Fais vite, lui dit-il. Bondis comme le feu et va comme l'éclair au travers des nuées. Que rien sur ton chemin ne freine ton galop. Prends garde, si j'apprends que tu t'es retardé, tu te retrouveras au seuil de l'au-delà avant d'avoir compris que tu quittais ce monde.

– Sur ma vie j'obéis, balbutia le valet.

Il s'en fut, affolé, parvint le souffle court à la chambre d'Ayaz. Il trouva le sultan auprès de son ami. Il haussa les sourcils, resta la bouche ouverte et murmura, tremblant de la tête aux orteils :

– Ce qu'un roi dit, un roi le fait. Adieu mon sang, adieu ma gorge, adieu mes battements de cœur !

Il dit encore, les mains jointes, jurant par les saints noms d'Allah :

– Majesté, sachez-le, j'ai couru tout d'un trait. Mon pied n'a cessé de voler, je ne pouvais aller plus vite, et pour dire la vérité, voir mon roi ici avant moi m'est un insondable mystère. Que je sois à jamais maudit si j'ai manqué à mon devoir !

Mahmud lui répondit :

– Tu as couru, je sais. Va, je ne t'en veux pas. Tu ne peux rien savoir de cette intimité qui abolit l'espace. Aller vers Ayaz m'est facile, un chemin caché m'y conduit. Je ne peux pas vivre sans lui. Par où je viens ? C'est mon secret. Nombreux sont entre lui et moi les confidences sans paroles, les passages, les raccourcis. Je peux t'envoyer près de lui, m'inquiéter du froid de ses os. Je sais, au fond, ce qu'il ressent. À quoi bon parler de ces choses à qui ne connaît pas l'amour ? Rien au monde, ni murs, ni portes, ni royaumes, ni maladies, ne peut me séparer de lui.

# L'épreuve

La famille de Du Zichen était de celles dont on dit : « Un dieu la porte sur l'épaule. » Elle était noble et fortunée, mais Du Zichen semblait tombé d'un autre ciel que ses ancêtres. C'était un être extravagant, buveur, joueur, insouciant, généreux de cœur et de ventre, bref assez fou pour préférer le savoir-faire des putains aux humeurs des dames de Cour et les amicales tavernes aux salons de haute volée. Il était copieusement riche. De poche trouée en bordel et de chanson en fiole vide il le fut moins, puis presque plus. Il fut un jour de tous les diables dépouillé de ses derniers sous par deux tricheurs et une fille qui lui fondit entre les mains à l'instant de se dévêtir. Elle vida ses poches et s'en fut. Ce soir-là, seul par les ruelles, à l'heure où les lampes s'allument derrière les volets mi-clos, il se vit défait de ses masques. Il n'était plus que Du Zichen. Un homme perdu. Un errant.

Ses pas hasardeux le menèrent à la porte du Puits de l'Est. Il s'assit contre le rempart où croassait une corneille aussi solitaire que lui. Il faisait nuit, et peu de vent. Comme la lune apparaissait sur l'arête obscure des toits, un bruissement vif de sandale et de manteau le long du mur lui fit soudain lever le front. Il vit une ombre s'approcher. C'était un vieux de haute taille, à la nuque à peine courbée, à l'enjambée ferme, assurée. Il fit halte à deux pas de lui. Il sentait la fraîcheur mouillée. Il s'appuya sur son bâton, il se pencha, il dit :

– Bonsoir.

Du Zichen répondit à peine.

– Je vous vois là bien déconfit, lui dit encore le vieil homme. Les dieux sont-ils lassés de vous ?

Il lui sourit, l'air malicieux. Et comme l'autre se taisait :

– Bonheurs, malheurs, chances, déboires, ce sont là les humeurs du vent. Laissez-le donc à ses caprices ! Que vous faudrait-il, dites-moi, pour aplanir votre chemin ? Répondez sans crainte ni honte, je n'ai que faire de mes biens.

Il hocha la tête, attendit. Son œil était encourageant. « S'il n'est pas fou, cet homme est saint », pensa Du Zichen. Il risqua :

– Vingt ou trente mille sapèques réchaufferaient mes prochains jours.

Le vieillard partit d'un bon rire.

– Il vous faut plus, mon pauvre ami ! Pensez aux grandes exigences du train de vie que vous menez !

– Cent mille ?

– Allons donc !

– Un million ?

– Disons trois, et n'en parlons plus. Nous serons tous deux plus tranquilles. Soyez demain à midi juste devant l'auberge des Persans.

Il s'inclina sur son bâton et se renfonça dans la nuit.

Le lendemain à l'heure dite Du Zichen, qui, le cou tendu, scrutait les bouts de la ruelle, aperçut bientôt le vieil homme parmi la foule des passants. Il vint à lui, les mains devant, débordant de bénédictions. Le vieux mit un doigt sur sa bouche. Il lui tendit trois bourses d'or.

– Voici, dit-il. Soyez heureux. Je vous en prie, point de merci. Entre nous ces choses sont vaines.

Le perdu s'inclina profond.

– J'en ferai, dit-il, bon usage.

Il pensa, rougissant : « Je mens. » Il rit, tremblant, content, piteux.

– Ce trésor est à vous, mon fils. Vous ferez ce qu'il vous plaira.

Il s'en alla parmi les gens.

Du Zichen fut à la taverne, l'acheta, la perdit aux dés, puis se fit bâtir un palais, s'offrit deux cents chevaux arabes, un carrosse orné de dragons, une garde-robe de prince, un lit de roi, un harem turc. Il festoya, se fit voler, spécula et vendit à perte, prêta sans espoir de retour. Sa miraculeuse fortune fondit comme neige en avril. Trois années s'étaient écoulées. Son dernier sou joué, perdu, il s'en revint la tête basse à la porte du Puits de l'Est. Il savait, de source confuse, qu'il y verrait son bienfaiteur. Il n'eut pas le temps d'en douter. Il était là, qui l'attendait, appuyé sur sa longue canne.

– Quelle surprenante malchance ! lui dit le vieux, l'air amusé. Allons, mon fils, ce n'est pas grave. Vous avez été trop timide, trop généreux, trop peu rusé. C'est dix millions qu'il vous fallait !

Il fit mine de réfléchir.

– Au diable les petits calculs ! En voici quinze, et vingt, et trente. Aurez-vous assez, mon ami ?

– Saint homme, je suis un vaurien.

– Allons, mon fils, point de manières. Je vous les donne de bon cœur.

Du Zichen, le crâne brumeux, balbutia de pâles mercis. La tranquillité du vieil homme, la bonté de ses yeux rieurs, ses gestes limpides, innocents, tout cela l'accablait de honte.

– Je ne sais pas vivre, dit-il. Je suis stupide, aveugle, sourd. Plus j'ai d'argent, plus je suis pauvre.

Le vieillard se pencha un peu, baissa le front comme en prière. Il ne souriait plus. Il dit :

– Mon fils, que voulez-vous vraiment ?

Du Zichen répondit d'un trait, comme on avoue une espérance mille et mille fois retenue :

– J'aimerais être comme vous.

Il sentit son bras empoigné par une main rude, fervente. Il entendit contre sa tempe :

– Voilà les mots que j'espérais. Je vous attendrai dans un an, le trois de la septième lune devant le temple taoïste, à l'ombre des saules jumeaux.

Il s'inclina. Il s'en alla. La nuit le prit et l'effaça.

Du Zichen, dès le lendemain, découvrit que l'alcool de riz n'avait plus le goût d'autrefois, que les palabres enfumées le laissaient éperdument vide, que les dés ne le tentaient plus, qu'il étouffait dans les tavernes et que les parures des princes dissimulaient de pauvres cœurs. Il acheta deux cents hectares de prairies et de champs de blé, autant de forêts, de rizières, il les offrit aux paysans les plus démunis du pays, puis fit bâtir le long des routes des refuges pour les errants. Après un an, il n'avait plus que le vêtement qu'il portait et sa maison aux meubles simples. Le jour venu il la ferma et s'en fut à son rendez-vous à l'ombre des saules jumeaux. Il y trouva son bienfaiteur. Il était assis sous les branches. Il se leva. Il dit :

– Allons.

Ils s'en furent sans autre mot sur le sentier de la montagne.

Le vieux se prit à chantonner tandis qu'ils cheminaient sans hâte vers le sommet du mont Yunaï. Au dernier lacet du chemin Du Zichen s'épongea le front, fit halte dans le vent du ciel et resta le menton pendant. Là, sur la cime, à quelques pas, était une vaste maison d'une étonnante pureté. La poussière et le bruit du monde semblaient n'avoir jamais touché ses colonnes ni ses murailles, ni sa haute porte laquée. Au-dessus d'elle tournoyaient des cigognes, des aigles lents et des phénix multicolores. Le vieil homme franchit le seuil, attendit un moment son hôte qui s'avançait, les yeux partout, tant ébloui qu'il trébucha et faillit baiser le dallage. Dedans était un escalier. En haut des marches ils pénétrèrent dans une salle au dôme bleu. Par douze fenêtres célestes entraient les lueurs du couchant. Au milieu était un fourneau d'où s'élevaient des flammes pourpres. Autour de lui était un cercle de neuf jeunes filles d'argent. Un tigre blanc était derrière, un dragon de jade devant.

Le vieux désigna au jeune homme une fourrure de lion sous les feux rougeoyants de l'ouest. Il l'invita à s'y asseoir, puis lui tendit trois graines blanches avec un gobelet de vin, qu'il lui ordonna d'avaler. Quand ce fut fait :

– Mon fils, dit-il, vous traverserez cette nuit toutes les illusions du monde. Si vous demeurez devant elles autant impavide qu'un roc, vous boirez à l'aube prochaine l'élixir d'immortalité. Quel que soit le dieu qui vous vienne, la bête brute ou le démon, quel que soit le tourment subi, injustices, flammes d'enfer, massacres de saints innocents, pas un mot, pas un mouvement, ni d'impatience ni d'horreur. Que votre esprit reste limpide et votre cœur toujours égal. Souvenez-vous de mes paroles. Vous êtes seul jusqu'à demain.

Le vieil homme quitta la salle.

À peine était-il éloigné que les lumières s'éteignirent et que la maison disparut. Du Zichen se vit en plein ciel sur le sommet du mont Yunaï. Il faisait un temps exécrable. Le froid le fouillait, le trouait comme une bête aux mille crocs. Corps et âme il s'abandonna. Il en oublia de trembler. La foudre ouvrit une plaie rouge de haut en bas du monde obscur. Un long roulement de tonnerre fit frémir les rocs alentour. Un torrent de pluie s'abattit sur ses cheveux, sur ses épaules, le gifla, lui mordit les yeux. Son cœur se tut. Son crâne aussi. La peur oublia de le prendre. Le déluge s'évapora.

Alors vint un guerrier géant à la face impassible et grise. Il avait le regard d'un mort. Deux hommes à tête de taureau l'accompagnaient, armés de fourches. L'énorme se pencha sur lui.

– Ton nom ? dit-il.

Sa voix était d'une effrayante indifférence. Du Zichen ne répondit pas.

– Pauvre mortel, gronda le monstre, as-tu oublié qui tu es, ou ton orgueil est-il si raide qu'il t'empêche de l'avouer ?

Il fit un signe à ses valets. Du Zichen entendit hurler. Les deux démons au mufle court traînèrent sous le feu des torches une femme nue, effarée. Elle fut jetée contre ses pieds. Elle lui tendit ses mains gelées, son regard éperdu d'effroi. Il se souvint de son visage. Il l'avait aimée autrefois.

– Ton nom ! rugit le guerrier monstre, sinon c'est toi seul qui la tues, toi seul qui déchires sa peau, toi seul qui arraches ses membres !

– Pitié, seigneur, gémit la fille, en souvenir de nos beaux jours, dites ce mot qu'on vous demande et je suis sauvée de l'enfer ! Ne vous ai-je pas bien servi ? Comment pouvez-vous refuser de porter secours à mon âme ?

– Crois-tu, dit le maître géant, que j'hésiterai un instant à martyriser cette femme ?

Il se tourna vers ses valets. Il leur cria :

– Elle est à vous !

Ils la clouèrent sur la brume. Du Zichen n'avait pas bougé. Le géant noir le désigna à l'un de ses taureaux humains.

– Décapite-le, lui dit-il.

« Images, mirages, illusions », pensa l'éprouvé. Il sourit. Il entendit siffler un sabre. Sa tête lui tomba du cou. Ses yeux restèrent grands ouverts et son front demeura limpide.

Il se vit alors amené devant le juge des enfers. À nouveau il était entier. Un démon le tenait en laisse.

– C'est le sorcier du mont Yunaï, dit-il au personnage obscur qui les regardait s'avancer.

La gueule ombreuse du cerbère gronda comme un portail rouillé.

– Qu'il traverse le champ d'aiguilles, la plaine des ciseaux glacés, la forêt des spectres bourreaux, le lac de feu, la mer de larmes, et qu'il renaisse en pauvre femme dans une famille affamée !

Mille fois troué, déchiré, brûlé, naufragé, englouti, « Images, mirages, illusions », murmura-t-il à chaque souffle. Il revint au monde vivant. Il fut une fille chétive, maladroite, raillée, battue. Quoi qu'on lui fasse, elle se taisait. Ses parents la crurent muette. Elle grandit, connut le désir. Un lettré en fit son épouse. Un fils lui vint. Une merveille, beau, vigoureux, intelligent comme le soleil du printemps quand il illumine une averse. Elle eut quelqu'un à qui sourire, quelqu'un enfin à qui conter ce qui lui débordait de l'âme.

Un soir, son homme s'enivra. Il entra, les bottes sonores, dans la chambre où elle fredonnait, son fils couché contre son ventre. Elle se tut. Elle le regarda. Il gronda, la bouche mauvaise :

– À moi tu ne parles jamais. À lui tu chantes des fadaises. Que t'ai-je fait pour mériter ce mépris qui éteint tes yeux dès que je touche ton épaule ?

Et comme il s'enrageait ainsi, elle vit son corps se déployer, s'armer d'une cuirasse noire, heurter du crâne le plafond. Elle en fut à peine étonnée. Elle connaissait ce guerrier monstre. Il hurla :

– Femme, qui es-tu ?

Il lui arracha son enfant. Elle s'effraya, tendit les mains. Son cœur dans son corps s'affola comme une proie partout cernée par une meute de chiens fous. Le démon noir leva son poing sur le front tendre du petit. Elle se dressa, les joues en larmes.

– Oh non, seigneur, ayez pitié !

Ce dernier mot encore aux lèvres, Du Zichen, les yeux égarés, s'éveilla dans la haute salle, sur la fourrure de lion. Le jour venait. Des flammes pourpres dansaient au-dessus du fourneau, s'élançaient vers le dôme bleu sans espoir de jamais l'atteindre. Le vieillard vint près de son hôte. Dans son regard luisait une aube d'une compassion infinie. Il dit :

– Mon généreux ami, vous avez traversé la peur, la douleur, le désir, la haine sans en être un instant troublé. Hélas, l'amour vous a vaincu. Auriez-vous tenu votre cœur, vous auriez franchi ce matin le seuil de l'immortalité. Il vous faut revenir sur terre et cheminer encore un peu. Images, mirages, illusions, tout vient, tout passe, tout s'en va et tout revient aux mêmes portes. Adieu, mon fils. Gardez courage. Un jour nous nous retrouverons.

La voix peu à peu s'en alla dans le vent vif du mont Yunaï. Du Zichen se retrouva seul, assis parmi les herbes rares sous les nuages indifférents. Plus de maison, plus de vieillard. Un corbeau dans le gris du ciel croassa et s'en fut au loin. Ne resta plus parmi les rocs qu'un jeune fou aux bottes lourdes qui s'en retournait à la vie.

# L'extase

Abu Bakh (Dieu veille sur lui !) cheminait un matin avec quelques disciples. Le sage allait devant, assis sur son baudet. Les autres étaient à pied. Comme ils allaient ainsi, l'âne lâcha un pet. Bouleversement d'Abu Bakh. Il poussa un gémissement d'amant éperdu de bonheur, il se déchira la chemise, la face au ciel, riant, pleurant.

– Seigneur, dit-il, comme je T'aime ! Comme Tu parles juste et clair dans ton infinie compassion !

Ses disciples se regardèrent, déconcertés, les sourcils hauts.

L'un d'eux osa lui demander :

– Maître, que vous arrive-t-il ? Un âne pète et Dieu vous vient ? L'air nous manque, expliquez-nous vite !

Il répondit :

– Mes chers enfants, comme nous allions sous la brise, l'âme en paix et le corps aussi, je pensais : « Je chevauche droit, bien au chaud, dans mon grand manteau, mes disciples sont là autour, trottinant au plus près de moi. Ils sont discrets, ils me respectent, ils se disputent le plaisir de tenir la bride de l'âne. Décidément, je suis quelqu'un. Je suis un cheikh considérable. Voilà comment, le jour venu, j'entrerai dans la haute gloire de la résurrection des saints ! » Comme je me disais cela, l'âne péta. Réponse brève à ma litanie d'âneries, mais d'une justesse si pure que l'extase m'en est venue.

# La barbe

Au temps antique de Moïse vécut un ermite fameux pour les rigueurs qu'il s'imposait. Il priait, ce fou, jour et nuit, tout nu, debout, par tous les temps. Une aussi franche dévotion aurait dû le conduire au moins à la sérénité de l'âme. Eh bien non, il n'allait pas bien.

Cet ermite avait une barbe. Elle était ample, sombre, drue, agrémentée de fils d'argent. Il en était assez content. Il la peignait chaque matin, chaque soir avant de dormir il la lissait sur sa poitrine. Elle était en ce triste monde son unique satisfaction. Or Moïse vint à passer, un soir, devant sa hutte basse.

– Ô commandant du mont Sinaï, lui dit le barbu misérable, je prie, je me laboure l'âme, je l'ensemence de bontés, et vois, je ne récolte rien. Pas la moindre saveur d'En-Haut, pas la moindre lueur céleste. Que suis-je ? Un amoureux transi. Toi qui es un proche de Dieu, peux-tu Lui demander pourquoi Il méconnaît ainsi ma foi ?

– Compte sur moi, lui dit Moïse.

Il s'en fut voir le Bien-Aimé, Lui exposa l'étrange cas de cet ermite irréprochable et pourtant interdit d'amour.

– Il s'occupe trop de sa barbe, lui répondit Notre Seigneur, c'est pourquoi il ne parvient pas à voir la main que Je lui tends.

Moïse s'en revint et redit au mot près les paroles de Dieu à l'ermite attentif.

– Mille mercis, répondit l'autre, mon vieux cœur s'illumine enfin. Cette barbe apparemment sobre dissimulait mes vanités. Je vais le lui faire payer !

Il se mit poil à poil à s'ébarber les joues, à griffer son menton, à mordre sa moustache. Il en souffrit beaucoup. La paix resta cachée derrière les nuées qui embrumaient son âme.

Moïse retourna au rendez-vous de Dieu.

– Ô Seigneur, Lui dit-il, je crains que notre ami soit encore égaré. Il a bien entendu le sens de vos paroles, et pourtant il ne va pas mieux.

Le Bien-Aimé lui répondit :

– Hélas pour lui, rien n'a changé. Hier il s'occupait de sa barbe avec un plaisir de gourmet, aujourd'hui il la martyrise. Elle l'absorbe toujours autant. Et moi qui l'espère, J'attends.

# La tempête

« Débarrassez-vous de vous-mêmes, l'homme vrai meurt avant sa mort ! » disait Bektash à ses disciples. C'était un saint inconvenant. Il fut un père épris d'amour aussi libre que paille au vent, et les bektashis ses fidèles furent plus volontiers errants que prédicateurs de mosquées, plus chanteurs de places publiques que de chorales bien vêtues et plus familiers des oiseaux que des cages, dorées ou non.

Or, il advint qu'un de ces fous détestés des pieux comme-il-faut et des bâtisseurs de murailles quitta, par un matin brumeux, le vieux port de Constantinople sur un peu rassurant bateau débordant de pèlerins gais. Ces gens se rendaient à La Mecque. Lui non. Il n'allait nulle part. Il n'avait pas d'autre souci que de manger selon sa faim, que de boire selon sa soif et que de dormir à son heure. Il avait durement appris qu'il convenait de se déprendre de l'envahissant superflu. C'était un mystique accompli doublé d'un vagabond notoire, définitif, imperméable au désir sot mais répandu d'être bien vu du Tout-Puissant.

L'événement survint au soir du deuxième jour de voyage. Le matin, il avait fait beau. Le vent, sur le coup de midi, s'était pris de fraîcheur maligne. Et voilà qu'en fin de journée le mauvais temps s'en vint au bal. Un éclair tomba sur la mer, le tonnerre vint au chahut, le ciel s'abattit sur les vagues, bref la tempête enthousiaste prit à bras-le-corps le bateau et se mit à baiser ses flancs plus goulûment qu'une démone trop longtemps privée d'affection.

Roulant de bâbord à tribord et de tribord en nausée verte, les pèlerins prièrent Dieu, aussi dignement qu'ils le purent, d'épargner les affres du deuil à leurs méritantes familles. Le bektashi, claquant du bec, les sourcils en toit de maison, le cou tendu aux cieux mouvants, se laissa choir au pied du mât, l'étreignit des bras et des jambes, et sans rien entendre des chants qui s'élevaient des bouches pieuses, joignit ses pauvres hurlements à ceux des loups de l'ouragan. Parmi les dévots voyageurs était un mollah bien noté de ses supérieurs hiérarchiques. Dans son œil noir étincelait l'inquiétante jubilation de ceux qui ne doutent de rien. Au gré des gifles de la mer il allait sur ses fesses maigres, de bord à bord, la barbe au vent, les pieds hauts et les bras battants, en assurant le Créateur de sa confiance indélébile. Comme il passait auprès du mât, sa main errante s'agrippa à la manche du bektashi.

– N'as-tu pas honte, lui dit-il, de t'effrayer si bassement ? Dieu est amour, Il nous protège, Il nous tient dans sa main amie ! En douterais-tu, mécréant ? La foi se rit du mauvais temps !

L'autre reçut par le travers un tonneau d'embruns furibonds, rattrapa son bout de turban qui s'enfuyait dans la bourrasque et répondit :

– Dieu est amour, je n'en doute pas un instant. À dire vrai, frère mollah, c'est bien cela qui me barbouille. Il aime avec tant d'innocence, tant de bonheur, tant de passion, tant d'inaltérable bonté les plus menus de ses enfants qu'Il est assurément capable d'offrir nos cadavres aux poissons !

Et levant son front ruisselant :

– Ai-je bien vu, ô Tout-Puissant ?

Un éclair fendit les nuées. Un rugissement prodigieux parut approuver ses paroles. Certes, il était terrifiant, mais somme toute assez gaillard, et d'une impatiente ferveur.

# Miracle

Maisons tordues, remparts troués, ruelles pentues, caillouteuses, mosquée aux murailles fendues et boutiquiers mal embouchés, tel était ce pauvre village assis parmi les rochers blancs d'une montagne anatolienne. Là demeurait un cordonnier. Il pleurait sans cesse misère. Il s'estimait persécuté par le démon des malchanceux. Il ignorait apparemment qu'on peut toujours aller plus mal.

Il advint un jour que son fils se prit de pâleur maladive. Il se coucha, et dépérit. Alors son père découvrit ce qu'était vraiment le malheur. Son enfant, son plus que lui-même, perdait goutte à goutte la vie. Aucun docteur, aucun sorcier ne put le retenir au monde. Vint l'ultime matin vivant.

Depuis la veille un bektashi (peut-être celui de l'histoire qui précède ce conte-ci) mendiait au coin d'une rue. D'où venait-il ? Nul ne savait. Ces gens-là, à ce qu'on disait, étaient parfois miraculeux. Le père apprit son arrivée. Il courut à lui, éperdu, le supplia, baisa ses pieds, et tirant sa manche en lambeaux il le ramena dans la chambre où s'éteignait son bien-aimé.

– Toi qu'on prétend proche de Dieu, lui dit-il, demande-Lui grâce. Je te donnerai ma boutique, ma femme et ma bénédiction, mais par pitié, sauve mon fils !

L'errant ne lui répondit pas. Il n'eut qu'un hochement de tête, un froncement bref de sourcils. Il avait dans l'œil le feu doux de ces gens revenus de tout et repartis pour l'infini. Il se planta devant le lit, croisa ses doigts secs sur le ventre et dit :

– Seigneur, si je Te parle, ce n'est pas moi qui l'ai voulu, c'est ce cordonnier. Il est fou. Il aimerait que Tu guérisses son pauvre garçon qui se meurt. Il s'illusionne, je le sais. Entre l'horreur et le miracle, ton cœur balance rarement. Endeuiller un père ? Broutilles ! Tu fais tous les jours cent fois pire dans ta Création de malheur. Donc, je ne Te demande rien. Tu veux son enfant ? Tu le prends. Je Te le laisse. Je Te l'offre. Je ne tiens pas à le sauver. Il sera mieux chez Toi qu'ici où l'on fait commerce de tout, même de tes miséricordes. Pardon de T'avoir dérangé. Retourne à tes occupations, je m'en reviens aux miennes. Amen.

Au fil de l'étrange discours le cordonnier, la bouche bée, avait écarquillé les yeux, puis allumé un feu d'enfer sous ses gros sourcils ombrageux. Il saisit au col le bonhomme à l'instant de son dernier mot.

– Que Dieu t'écrase ! rugit-il. Voleur d'espoir, âne du diable, est-ce ainsi que l'on prie le Ciel ?

Dans sa gorge s'embouteillèrent d'inaudibles malédictions. Il ne put dire, il bégaya, bref il jeta dans la ruelle le supposé ressusciteur, claqua d'un coup de pied la porte et s'en revint à son chagrin.

Le lendemain, soleil partout. Le père heureux, serrant les mains sous les arbres de la grand'place, contait à qui voulait l'entendre l'inimaginable réveil de son bien-aimé moribond. Le bektashi vint à passer. En trois enjambées vengeresses l'homme lui vint droit sous le nez.

– Mon fils est vivant, sache-le. Malgré ta prière puante il reprend déjà des couleurs. Il renaît, il mange des figues, il boit du lait, il parle, il rit. Tu as voulu sa mort, brigand ? Le Ciel lui a rendu la vie. Maudit soistu. Il est guéri !

– C'est normal, répondit l'errant. Dieu, ces tempsci, ne m'aime guère. Je veux blanc, il me donne noir. J'ai donc adapté ma prière. Puisqu'Il me donne le contraire de ce que j'ose demander, je prie pour l'envers de mes vœux, et j'ai l'endroit de ses bontés. Astu compris ?

– Non.

– Peu importe. La paix sur toi et sur ton fils.

Il reprit sa route infinie.

# Le cœur mangé

Il était un jour une fille. Elle était aimée d'un garçon. La belle avait le regard vert comme l'eau des sources profondes. Son amoureux, même en hiver, allait au vent chemise ouverte tant l'amour lui brûlait le cœur. Quand il venait à sa rencontre, elle regardait toujours ailleurs. Il vint un soir dans son jardin.

– Bonne amie, quand m'aimeras-tu ?

– Je veux la fleur qui chante à l'aube. Elle est d'or, à ce qu'il paraît. Va la chercher, je t'aimerai.

– Que Dieu te garde jusqu'au jour où je reviendrai avec elle.

Il s'en fut le sac à l'épaule. Au jour de Pâques il s'en revint. Elle l'attendait devant sa porte.

– Ma bonne amie, ferme les yeux. Ouvre-les maintenant. Regarde.

Elle rit, contente. Elle dit :

– C'est bien.

Elle mit la merveille au corsage, caressa la joue de l'ami. Ses doigts restèrent suspendus.

– Pourquoi, dis-moi, es-tu si pâle ?

– Cent loups gardaient la fleur dorée. Ils m'ont déchiré corps et membres. Ils se sont repus de mon sang. Quand seras-tu ma fiancée ?

– Je veux l'oiseau qui parle et pense. Il est bleu comme un jour d'été. Quand il sera dans ma main droite, je promettrai fidélité.

Il s'en fut en chasse lointaine. À la Saint-Jean il s'en revint. Elle l'attendait à sa fenêtre, derrière les volets croisés.

– Bonne amie, ouvre ton corsage. Sens comme il tremble, comme il vit, regarde son œil, comme il luit !

Elle caressa ses plumes tièdes. L'oiseau s'endormit sur son sein. Elle regarda son amoureux. Elle fit la moue. Elle demanda :

– Pourquoi, dis-moi, es-tu si triste ? N'es-tu pas content de me voir ?

– Bonne amie, l'oiseau m'a parlé. Il m'a dit : « Elle ne t'aime guère. »

– Il a menti. Je le tuerai.

– Quand, dis-moi, m'épouseras-tu ?

– Je veux l'aigle qui voit les cœurs. S'il tient la traîne de ma robe, bon ami, je t'épouserai.

Il s'en fut par les monts gelés. À la Toussaint elle l'attendit à la lucarne du grenier.

– Mère, vois-tu quelqu'un venir ?

– Fille, le temps est à la brume, il n'est plus ni ciel ni chemin.

Elle fut cueillir des chrysanthèmes, revint par les sentiers mouillés. Au soir de la sainte journée :

– Mère, vois, au fond de la route, cette lanterne qui s'en vient !

– Fille, assieds-toi, mange ta soupe, c'est ton père qui sort du bois.

À la nuit noire il plut à verse. Les arbres bruissèrent dehors, des ruisseaux tombèrent du toit.

– Mère, laisse la porte ouverte !
– Fille, dors, il viendra demain.

Vint le matin des Trépassés. Elle ouvrit les yeux dans sa chambre. Elle le vit debout près du lit. Il s'en était venu sans bruit.

– Bon ami, je t'ai cru perdu !

– Bonne amie, j'ai livré bataille sur le mont qui touche le ciel. Vois ce trou rouge à ma poitrine, c'est le nid où battait mon cœur. Le roi des aigles l'a mangé. Nous ne nous marierons jamais. Adieu, je ne sais plus aimer.

Il s'en alla dans le jour pâle. Sa bonne amie pleura longtemps, puis s'en fut mourir au couvent.

# Nala et Damajanti

Le prince Nala était beau. Son œil vif, sa bouche rieuse et la franchise de son air inspiraient les enlumineurs. Son père mourut. Il fut roi. Des brigands descendus des monts s'abattirent sur ses villages, ses palais, ses champs, ses jardins. Pareil au vent ébouriffant qui disperse les feuilles mortes Nala éparpilla leurs lances, leurs épées, leurs têtes casquées. Puis sur les cabanes brûlées il fit élever des maisons, sur les avoines dévastées il fit ensemencer du blé, sur les pâtures sans troupeaux il mena des brebis enceintes. Les gens abasourdis enfin redécouvrirent la bonté des matins, et Nala fut aimé.

Il n'avait pas d'épouse. Varsanéja son serviteur lui disait sans cesse :

– Seigneur, ton palais est inhabité. Il y faut des voix, des parfums, des désordres d'enfants, des rires. Il faut une femme à mon roi !

Il répondait d'un geste vague. Son regard se perdait au loin.

Un jour, de retour de la chasse, il s'égara dans un sous-bois. Il se pencha sur son cheval.

– Va, lui dit-il, conduis ton maître.

La bête s'en fut au galop sous les feuillages sans chemins, franchit un étang somnolent, éclaboussa des libellules, bondit derrière une antilope par-dessus des arbres couchés, traversa un tunnel bruissant. Elle fit halte enfin au soleil d'une clairière à l'herbe drue. Nala secoua son manteau embarrassé de brins de ronces. Il mit pied à terre. Il s'émut. Il dit, d'un souffle :

– Navada.

À dix pas de ses bottes était une cabane bancale, moussue, fatiguée, adossée au tronc d'un vieux pin. Là vivait retiré du monde le devin qui l'avait instruit au temps de son heureuse enfance. Il s'avança, franchit le seuil. Dans les lueurs de jour tombées du toit fendu il vit le vieillard endormi sur sa litière d'herbe sèche. Il s'agenouilla près de lui.

– Navada, toi dont les leçons ont pétri mon cœur de sagesse, entends-tu ton enfant comme tu l'entendais, autrefois, au palais, quand tu lui faisais réciter les contes sacrés de nos pères ?

– Qui vient troubler ma paix ? murmura le vieillard. Je dormais au jardin des dieux. Qui donc me rappelle sur terre ?

– Souviens-toi de nos jours heureux. Tu posais la main sur ma tête, tu me disais : « Nala, mon fils, la vie est comme le soleil, elle est plus vaste que le monde ! »

– Enfant béni du Ciel, répondit Navada, je sais ce que tu viens chercher.

Il se dressa soudain, vigoureux et rieur, les ans effacés par miracle. Il tendit au mur son bâton.

Alors tout disparut, l'ombre de la cabane et la clairière aussi, la forêt alentour, et Nala ébahi découvrit un jardin aux fontaines bruissantes, aux palmiers déployés dans le haut bleu du ciel. Une fille était là, penchée sur un rosier. Elle leva vivement la tête, parut chercher quelqu'un des yeux. Il gémit, tant elle était belle. Il fit un pas, les mains tendues. La vision se défit dans la pénombre simple. À nouveau apparut le mur, le jour tombé du toit au-dessus de sa tête, le lit d'herbe sèche à ses pieds. Le regard ébloui, bégayant, éperdu :

– Navada, dis-moi, qui est-elle ? Une déesse ? Une mortelle ? Par pitié, je veux la revoir !

– Fils, tu la connaîtras, car elle t'est destinée, répondit le vieillard. La princesse Damajanti, fille du roi de Vidarba, telle est l'émouvante vivante que je t'ai permis d'entrevoir. Bientôt son père, en son honneur, offrira selon la coutume un banquet à ses prétendants. Au seuil de ton palais t'attend le messager chargé de t'inviter à ces fêtes prochaines. Elle y choisira son époux. Ne crains pas, tu seras l'élu.

Il sortit à l'air doux et Nala près de lui le vit tendre au ciel son bâton. Au loin, sur la cime des arbres, un vol d'oies sauvages apparut. Elles se posèrent devant lui.

– Oiseaux, mes serviteurs, allez à Vidarba, trouvez cette fille de roi que l'on nomme Damajanti, dites-lui du bien de Nala, dites-lui qu'il doit être entre tous son époux, car leurs deux noms unis sont de tout temps inscrits dans le Livre des Mondes.

La troupe d'oies s'en retourna dans un bruyant froissement d'ailes.

À Vidarba, le long des rues, chez les marchands désemparés, dans les palais et sur les places tous les volets étaient fermés. On ne se disait qu'à mi-voix la catastrophique nouvelle. La princesse Damajanti s'était enfermée dans sa chambre et de jour en jour s'étiolait. Elle ne voulait plus voir personne. Qu'on l'interroge, elle sanglotait comme une source ensorcelée. Sa mère, un jour, à bout de peine, vint poser sa joue auprès d'elle sur l'oreiller mouillé de pleurs. Elle lui dit :

– Parle, fille aimée. Dépose ton fardeau secret devant la porte de ta bouche, et nous le porterons ensemble, s'il faut quelque part le porter.

Damajanti eut un hoquet, prit un long souffle gémissant. Elle répondit à voix tremblante :

– Ma mère, hélas, je suis perdue. Au dernier soir de pleine lune, après le coucher du soleil, je suis allée seule au jardin. J'ai rencontré des oies sauvages. Elles se sont posées devant moi, et par je ne sais quel prodige elles m'ont toutes tendu le bec, elles m'ont murmuré des paroles aussi simples que l'air et l'eau, elles m'ont dit que Nala m'aimait, Nala, le roi de Nischada dont j'ai rencontré le portrait, une nuit, sur le mur d'un rêve. Depuis l'instant où je l'ai vu, son nom me vient mourir aux lèvres dans le moindre de mes soupirs. Ma mère, Nala m'est promis, les oies sauvages me l'ont dit, nos vies, dans le Livre des Mondes, sont ensemble à jamais unies.

– Ma fille, le bonheur t'attend. Est-ce pour cela que tu pleures ?

– Ma mère, mon âme se meurt ! À peine les oiseaux enfuis, j'ai voulu courir à ma chambre. Comme je quittais le jardin, au pied des marches du palais j'ai buté contre un géant noir. Il m'a dit qu'il était Kali, le dieu des puissants de la terre. Sa voix tonitruait profond, dans mon esprit épouvanté, comme dans une maison vide. Il m'a dit : « Fille, je t'observe depuis ta naissance ici-bas. Je veux que tu sois mon épouse.

Ton désir ne m'importe pas. Le mien me suffit. Obéis.» Je suis tombée à ses genoux, j'ai appelé les dieux célestes. Ils ont apaisé mon effroi. Sur mon épaule j'ai senti se poser une main amie. Alors Kali a reculé. Il a rugi, crié vengeance. Son corps comme un brouillard s'est défait dans l'air sombre. Il hurle encore dans mon cœur dès que j'écoute le silence. Ma mère, le malheur me tient !

– Ma fille, le Livre des Mondes dit l'inévitable destin des âmes venues à la vie. Le roi Nala sera l'époux que ton cœur espère et désire. Kali ne peut rien à cela. Aie confiance et chasse ta peine, ton bien-aimé viendra bientôt. Crains de décevoir son regard s'il te voit la mine défaite. Tu peux sans souci refleurir, le Ciel te gardera du mal !

Elle baisa les mains de sa fille. Toutes les deux se regardèrent. L'effroi s'en fut. L'espoir revint.

Quand Nala et Damajanti à l'instant d'unir leurs destins s'agenouillèrent face à face, chacun vit les dieux se pencher et bénir leurs têtes courbées. Les fêtes durèrent sept jours. Après ce temps le roi Nala s'en retourna dans son royaume en compagnie de son aimée. Ils vécurent sept ans de lumière limpide. Ils eurent deux enfants, une fille, un garçon. Leur bonheur quotidien paraissait éternel. Toute vie est fragile. Ils l'avaient oublié.

Un jour Nala reçut la visite impromptue de Pushkara, son demi-frère, qui vivait en pays lointain et qu'il n'avait pas vu depuis le temps d'enfance. Il l'accueillit à bras ouverts, lui offrit fêtes et banquets, lui fit visiter les trésors et les lieux saints de son royaume. Damajanti, en bonne hôtesse, le servit avec amitié.

Elle s'efforça de s'accorder à la gaieté de son époux. Pourtant, à peine Pushkara était-il entré sous son toit, sans qu'elle en sache la raison, son cœur avait fermé ses portes. Le regard trop noir de cet homme, sa voix, ses rires l'effrayaient. Elle s'en fit de constants reproches jusqu'au soir, après le dîner, où une irrépressible angoisse lui déferla soudain dessus. Les rossignols s'égosillaient dans les feuillages du jardin. Nala et son proche parent s'attardaient à parler ensemble sous les lampes d'or de la salle désertée par les invités. Elle y courut, poussa la porte et resta plantée sur le seuil.

Pushkara, debout, le dos rond, appuyé des mains à la table, regardait Nala, face à lui, avec la haine ricanante d'un démon savourant sa proie. Nala, pâle, le front suant, semblait fasciné par les dés qui venaient de quitter son poing et qui roulaient sous ses yeux fous. La voix de Pushkara grinça comme une lame sur le marbre.

– Encore perdu, frère roi.

La reine vint à son époux, tira sa manche. Elle dit :

– Nala, regarde-moi. Tu t'abîmes. Tu me fais peur.

Il se défit d'elle, agacé, ramassa le couple de dés.

– Viens, dit-elle. Je t'en supplie.

Il la repoussa rudement, grogna comme une bête brute, fit tinter les dés dans sa main. Il les lança. Il entendit :

– Chance pour moi, tu as perdu. Pire, frère, tu es perdu.

Quelle était cette voix tout à coup alourdie, trop lente, trop profonde ? Celle de Pushkara ? Celle du dieu Kali ?

– Perdus ta ville, ton palais, perdus tes trésors, ta

couronne. Que te reste-t-il, frère roi ? Damajanti, ta belle épouse. Joue-la. Tu gagnes, je rends tout.

Dans le regard de Pushkara luisaient deux étoiles gelées. Damajanti ferma les yeux. Elle se mit toute, corps et âme, dans sa prière aux dieux d'En-Haut. Ainsi offerte elle se sentit infiniment pauvre et sereine. Elle sourit à la paix qui lui tombait du Ciel. Près d'elle Nala, le poing haut, défia un instant l'être soudain sans masque, immobile, ombreux, gigantesque. Il gémit, chancela, parut enfin tenu debout par un impalpable secours. Les dés tombèrent de sa main et se perdirent sous la table. Il tourna les talons, et les bras agités comme pour déchirer d'agressives ténèbres, il s'en alla par les couloirs.

Il sortit du palais, il traversa la ville, s'en fut parmi les champs sans souci des chemins. Jusqu'à l'aube il marcha, courut et trébucha. Enfin il s'effondra sous un arbre penché, enfouit son front au creux du coude et le sommeil l'enveloppa dans sa couverture d'oubli. Le soleil retournait au nid quand il entrouvrit les paupières. Il sentit sur sa chevelure un lent et doux effleurement. Il murmura :

– Damajanti.

Elle était là. Elle souriait à sa figure éberluée dans les parfums du crépuscule.

– Béni soit mon époux, dit-elle. Il m'a gardée d'un grand malheur.

Il répondit :

– J'ai tout perdu, mes biens, mon peuple, ma raison, mon royaume de Nischada. Je n'ai plus rien qu'un corps sans âme et des routes sans horizons. Vois, ma folie m'a fait mendiant.

– Et la mienne est d'être ta femme, quel que soit le

sort qui t'est fait. Mendiant ou roi, je ne veux rien que ta présence auprès de moi. Tu es ma lumière en ce monde.

Elle se dressa, lui prit la main.

– Cherchons un abri pour la nuit.

Ils dormirent dans une hutte abandonnée par des bergers. Avant le jour il s'éveilla. Il entendit une voix sourde au fond de son crâne engourdi :

– Nala, regarde ton épouse, vois ses joues de rose et de lait, son front limpide comme l'eau, sa bouche fruitée, ses longs cils. Comment offrir tant de beauté à la fortune des cabanes, à la fatigue des chemins ? A-t-elle mérité cela ? Mieux vaut qu'elle retourne à la ville et qu'elle se donne à Pushkara. Toi qui n'es rien, tu peux encore faire d'elle une reine aimée. Va-t'en, fuis-la tant qu'elle sommeille, un jour elle t'en remerciera !

Il se leva, s'en fut sans bruit, le regard embrumé de larmes.

Il chemina des jours, des nuits, fuyant les regrets de son âme, mendiant son pain de misère dans les villages traversés. Or, un soir, comme il s'échinait à gravir le sentier d'un mont, un feu soudain jaillit des herbes à portée de son bras tendu. Il bondit à l'abri d'un roc, risqua un œil épouvanté. Derrière les flammes ronflantes il vit bouger un corps vivant.

– Nala, n'as-tu pas mieux à faire que de tenter de te cacher ? Aide-moi donc ! Délivre-moi de cet enfer qui me dévore. Courage, roi de Nischada !

La voix sortait de cette bête qui haletait et se tordait sous les coups de langue flambants du stupéfiant incendie.

– Qui es-tu ?

– Le roi des serpents. Pour l'amour du vieux Navada qui fut ta lumière d'enfance, viens à moi, homme, ne crains pas !

Nala, bravement, s'approcha. D'un coup d'épaule il traversa le seuil crépitant du brasier. L'animal lui bondit dessus, s'enroula autour de son cou, de sa poitrine, de son ventre.

– Grand merci, dit sa voix sifflante, enfin me voilà secouru. Sache que j'ai trompé le sage Navada un jour de folie printanière. Pourquoi ? Comment ? Point de questions ! Il m'a condamné à t'attendre dans ce feu où tu m'as trouvé. Il m'a ordonné de t'instruire. Voici ce que tu dois savoir. C'est avec Kali, dieu du mal aux infinies métamorphoses, que tu as joué ta couronne et les trésors de tes cités. C'est lui seul qui t'a convaincu d'abandonner Damajanti. Mais sa puissance ne peut rien contre l'espérance amoureuse. Pour ton salut, tu l'as gardée. Marche dix jours sur ce chemin. Tu parviendras à Jahida. Sur cette ville règne un roi, Situperu, homme savant, digne de l'amitié de ton maître et du mien. Tu entreras à son service. Il te confiera ses chevaux et la conduite de son char. Je t'ai dit ce que je devais, mais mon travail exige encore que je t'offre de mon venin. Si tu veux que ta longue errance touche bientôt à bonne fin, il me faut te mordre le doigt.

Nala tendit la main. La bête ouvrit la gueule. Un éclair de douleur troua le roi errant. Alors ne fut plus alentour ni feu, ni mont, ni buissons secs mais des arbres aux ombres tranquilles, une source au murmure frais dans un creux de rocher moussu, un chemin droit sous les feuillages. Nala s'agenouilla au bord de l'eau bruissante, voulut boire, vit son reflet. Il palpa sa face affolée. Ses lèvres s'étaient amincies sur un menton exagéré. Ses yeux sous des sourcils touffus luisaient dans leurs sombres cavernes. Ses tempes s'étaient rétrécies et ses cheveux s'étaient plantés au milieu d'un front inconnu, cabossé comme un vieux chemin, traversé de rides profondes.

– Tu n'es plus Nala, désormais, dit l'animal à son oreille. Tu es Vayka, palefrenier. Ta figure de roi t'attend de l'autre côté de tes doutes. Tu la retrouveras sans faute à l'instant où te reviendra, comme une lumière oubliée, cette certitude sacrée inscrite un jour dans ta mémoire : « Je n'ai pas cessé d'être aimé. »

Le roi des serpents disparut.

Damajanti, demeurée seule dans la cabane des bergers, avait appelé son époux, l'avait cherché, les yeux partout, implorant le vent de l'aider, interrogeant les bêtes fauves, les cerfs, les arbres, les rochers, le soleil, l'ombre, les étoiles.

– Avez-vous vu Nala passer ?

Le vent, les bêtes l'avaient fuie, les rochers étaient demeurés enfouis dans leurs pensées secrètes, le soleil s'en était allé chercher la nuit dans son lit rouge, la nuit venue n'avait rien vu, pas même l'ombre de Nala. Après des jours de folle errance elle avait croisé le chemin d'une troupe de pèlerins et de marchands aux ânes maigres chargés de montagnes de riens. Elle avait suivi leur voyage jusqu'aux portes de Vidarba, où régnait son père le roi. Elle avait retrouvé sa chambre, ses jardins et ses souvenirs, mais point les joies de son enfance. Elle avait longtemps dépéri.

– Ma fille, comment te sauver de cette peine qui te tue ? lui disait tous les jours sa mère.

Un matin elle lui répondit :

– Il faudrait cinq cents messagers, peut-être mille ou plus encore, il faudrait qu'ils aillent partout, dans les auberges, les palais, les ports, les rues, les cimetières, il faudrait qu'aux moindres vivants, rois et mendiants, arbres et bêtes, ils chantent haut et fort ces mots que dans mon lit, toutes les nuits sans cesse, je dis et redis :

*Joueur de dés, joueur de vie,*
*as-tu oublié ta promesse*
*d'aimer toujours Damajanti ?*
*Elle t'espère dans sa détresse !*

Ils furent dix mille à partir vers tous les horizons du monde.

Dans la cité de Jahida les paroles de la complainte furent dites sur un marché. Un homme fit halte, écouta, puis sans souci des coups d'épaule qui le bousculaient çà et là, il chanta au ciel poussiéreux :

*Le joueur n'a rien oublié,*
*les dés ont roulé sur la table.*
*Femme, pourquoi le rappeler ?*
*Le fardeau du remords l'accable !*

Le messager courut à lui.
– Es-tu Nala ?
– Je suis Vayka. Je conduis les chevaux du roi.

Damajanti fut prévenue.
– Un homme, à Jahida, a entendu ton chant. Ce n'est pas un roi, c'est un pauvre. Il n'est pas superbe, il est laid. Ce n'est pas l'amant d'une reine, c'est un serviteur de chevaux !
Elle répondit :
– C'est mon époux, l'œil de mon cœur le reconnaît !

Sur la cité de Jahida règne le roi Situperu. Mes père et mère, invitez-le. Si ce Vayka mène son char, je verrai bientôt son visage, et je saurai s'il est Nala !

Situperu fut convié à la fête des fruits d'automne. En grande hâte il accourut. Vayka mena ses vingt chevaux dans les écuries du palais.

– Servante, dit Damajanti sans quitter des yeux la fenêtre, suis-le partout. Vois ce qu'il fait.

La fille s'en fut et revint.

– Maîtresse, il a vu vos enfants dans le jardin, près des étables. Il les a étreints follement, il a baisé leur front, leurs joues, puis la nourrice est accourue. Elle l'a chassé. Il est parti. Comme il passait par la fontaine (saviez-vous qu'elle était tarie ?), l'eau s'est remise à chantonner, et quand il fut à l'écurie, la porte trop basse pour lui s'est par miracle élevée seule pour qu'il n'ait pas à se courber.

Damajanti joignit les mains.

– Servante, ma robe de noce, mes bijoux, mes parfums précieux ! Mon roi est de retour d'errance, mon cœur est de retour en vie !

On mena le palefrenier jusqu'à la porte de sa chambre. Elle renvoya ses serviteurs. Elle le fit entrer. Elle lui dit :

– C'est à mon époux que je parle. Je veux qu'il sache que jamais, même l'espace d'un soupir, je n'ai oublié son visage, ni la musique de sa voix, ni la caresse de sa main. Il n'a pas cessé d'être aimé.

L'homme debout en face d'elle changea de figure et de corps. Vayka s'embruma, disparut. Nala revint à la lumière. Il sourit à Damajanti. Il lui prit les mains, l'étreignit, et les oiseaux à la fenêtre bénirent leur nouvelle vie.

## Le cœur de l'ogre

Il fut autrefois une fille aussi humble qu'un oisillon dans la main du dieu des forêts. La foudre lui tomba dessus. Elle aima un jeune homme noble. Il partit un jour au combat contre des pillards de villages. Il advint qu'il n'en revint pas. Son amoureuse se fit nonne. Trente années durant elle pria. Vint enfin l'instant où sa voix toucha l'oreille des Bouddhas. Ils se dirent : « Peut-on l'admettre dans le jardin des Bienheureux ? » Ils réfléchirent. Ils l'observèrent. Peut-être virent-ils son âme trop pesante pour s'envoler. Ils ne vinrent pas la chercher. Ils voulurent qu'elle vienne seule, à pied, par les chemins abrupts qui vont de ce monde imparfait à la simplicité des cimes où demeurent les Immortels.

Elle se mit donc en longue route sans souci des vents et des pluies, mendiant le gîte et le riz, indifférente aux rebuffades, aux bousculades des enfants, aux crocs-en-jambe des cailloux. Elle marcha des jours et des lunes. Elle parvint dans une forêt où n'était pas la moindre bête. Elle y trouva une maison, parmi des arbres abattus. Elle s'en vint frapper à sa porte.

– Bonnes gens, l'hospitalité !

Sur le seuil parut une femme aux yeux hagards, aux joues bouffies, à la tignasse buissonneuse.

– Passe ton chemin, malheureuse !

– La nuit vient, ma mère, où aller ? Je ne veux rien qu'un lit de paille, un croûton sec, trois gouttes d'eau !

– Ne vois-tu pas chez qui tu es ? Mon fils est un ogre, ma fille ! Je l'attends. Je l'entends gronder !

Elle s'effraya, trotta dedans, revint au secours de l'errante.

– Entre. Misère, où te fourrer ? Dans ce panier, sous la lucarne. Prie qu'il n'y vienne pas flairer !

Un coup de pied ouvrit la porte. Le sol trembla, les murs aussi.

– Holà, j'ai faim ! Cette forêt n'a plus de viande à dévorer ! Mère, à manger ! Mère, où es-tu ?

– Assieds-toi, mon ogre, j'arrive. J'ai là des oignons et des noix !

– Et quel est ce parfum, bougresse, qui me vient chatouiller le nez ? Que caches-tu dans ce panier ?

– C'est une sainte et belle nonne que les Bouddhas font voyager. Fais-lui grâce, crains leur colère si tu plantes tes crocs dedans !

L'affamé bouscula sa mère, souleva les haillons puants. Il vit l'errante. Il recula.

La nonne se dressa debout. Une lumière d'aube pâle environnait ses vêtements. Elle semblait un soleil levant. L'ogre avança ses doigts tremblants, à peine lui toucha l'épaule.

– Ma sainte dame, lui dit-il, les Bouddhas t'ont faite si belle que je n'ose effleurer ta peau. Pardonne-moi si je t'effraie. Je ne te ferai pas de mal. Vois, c'est moi qui crains ton regard.

Elle sourit et baissa le front. Il soupira, il renifla, eut un sanglot. Il dit encore :

– J'ai tant tué, tant dévoré que me vient là, sous tes yeux simples, la peur du jugement des dieux. Tu vas reprendre ton chemin, et je vais rester seul au monde, égaré dans mes faims de loup. Dame qui sait, dis-moi que faire pour te revoir peut-être un jour dans le jardin des Immortels !

Elle répondit :

– Donne ton cœur.

C'était « amour » qu'elle voulait dire. L'entendit-il comme il fallait ? Un saint entend avec son âme, un ogre entend avec sa chair. Il poussa un rugissement, plongea ses poings dans sa poitrine, arracha son cœur, le tendit.

– Porte-le aux Bouddhas, dit-il.

Il s'effondra contre ses pieds. Elle se pencha sur son cadavre. Elle baisa sa bouche. Elle promit.

Elle mit le cadeau dans un linge, le suspendit à son bâton et dès le soleil revenu elle reprit sa route patiente. Après trois jours le cœur pourrit. Après cinq jours il empesta. Après sept jours elle le jeta dans un buisson peuplé d'abeilles. Elle chemina infiniment. Combien de temps ? Nul ne peut dire. Un soir, enfin, à bout de vie, elle parvint au seuil du Jardin. Elle frappa à la haute porte. Un Immortel vint au guichet.

– Ouvre-moi, je suis fatiguée.

– N'as-tu rien oublié, ma fille ?

Elle mit la main devant sa bouche. Elle se souvint.

– Un cœur offert.

– Allons, il faut t'en retourner. Par pitié je te fais légère. Vole et reviens, nous t'attendrons !

Il fit d'elle un coq de bruyère. Elle s'envola sur les chemins, appelant partout le perdu. Peut-être l'a-t-elle trouvé. Dieu seul sait dans son vieux silence s'il est un ogre au paradis.

# Le mantra

Mohan savait beaucoup de choses. Sur les routes des lieux sacrés il avait usé ses sandales, il avait usé ses oreilles à écouter au seuil des grottes les contes des ascètes nus, il avait usé son regard à lire les livres profonds, plus lourds de savoir que le temps, plus exaltants que des victoires, plus émouvants et plus féconds que les îles imaginaires vers où vont les bateaux rêveurs. Il avait vieilli comme l'or que l'usure rend vénérable. Il avait atteint l'âge sobre du dernier devoir, enseigner. Aux amoureux de l'Inconnu il apprenait donc à marcher dans l'obscurité sans chemins qui ne va nulle part au monde, sauf à l'absence de questions. Il avait une longue barbe, une simple maison de bois dans un village de vallée, une parole nourrissante et des étudiants affamés.

Saralah n'était pas des leurs. Il n'était enfant de personne. La vieille sourde qui cuisait les humbles repas de Mohan l'avait trouvé dans un fossé, un soir de printemps orageux. Il n'étudiait pas, il servait, se rendait utile à chacun, courait au puits emplir les seaux, entretenait le potager, s'occupait aux travaux des jours. Les livres ? Il les dépoussiérait, mais il ne savait pas les lire. Les méditations du matin ? Il se gardait de les troubler mais se souciait des bougies, des coussins et des pots d'encens plus que d'ineffable sagesse.

Il rêvait pourtant d'une place dans le cercle des étudiants. Mohan était son dieu intime. Il le regardait discourir comme un enfant de la misère devant un festin de pain blanc. Qu'espérait-il ? Il n'osait dire. Parfois, quand il fermait les yeux, il imaginait le vieil homme posant la main sur ses cheveux, et lui murmurant un mantra. Un mantra, prodigieuse offrande ! Un simple mot, le mot sacré que dit secrètement le maître à l'oreille du fils aimé et qui, sans cesse répété, fait germer au jardin de l'âme les fruits entre tous désirables de l'infinie tranquillité. Que faire pour le mériter ? Ce que l'on doit, avec constance, ce que l'on peut, avec ferveur. « Veiller, servir, se disait-il, devancer les gestes du père, deviner ses moindres soucis, les aplanir, être attentif au plus menu de ses désirs. » Il le fut tant qu'il le fut trop. Il en devint embarrassant, et Mohan s'en trouva bientôt formidablement agacé.

Un soir Saralah se coucha contre la porte de la chambre de son vieux sage bien-aimé. Il l'avait trouvé fatigué. « S'il a besoin de mon secours, se dit-il, je serai tout proche, et je pourrai lui obéir sans qu'il ait à s'impatienter. » Or il advint que vers minuit Mohan fut pris d'une colique. Il quitta en hâte son lit, franchit le seuil, les poings aux tripes, trébucha au corps allongé. Il maugréa :

– Encore toi !

Il s'en fut trottant aux latrines.

Saralah resta ébahi, puis s'éblouit, joignit les mains, s'illumina, les yeux en larmes. Assis au milieu du couloir, il murmura :

– Encore toi !

Il le redit, le chantonna aux murs ombreux, aux portes closes. Un mantra (bonheur des bonheurs !), le mantra si souvent rêvé venait de lui être donné par son maître, son bien-aimé. Il avait donc vu son enfant s'échiner à lui éviter tout encombrement, toute peine, il avait aimé son ardeur, il lui avait fait ce présent, le plus haut de tous, le plus rare, celui que l'on n'offre qu'aux purs. Avec quelle simplicité ! Quelle bonté ! Encore Toi ! Évidence du Créateur partout où le regard se pose ! Avec cette merveille neuve qui lui débordait de partout, pouvait-il demeurer encore une nuit, une heure, un instant entre les murs de son enfance ? Certes non. Il devait partir, dire au vent, aux arbres, aux chemins, aux nuées : « Je sais qui vous êtes, les mille visages de Dieu, Toi seul, Seigneur, encore Toi ! » Il ne prit ni gourde ni sac. Il s'en fut avant le matin.

Il marcha au hasard des routes, mendiant de maigres dîners, des lits de paille dans les fermes, des abris d'auvents sous les pluies sans qu'un souffle de sa poitrine ne dise aux gens « Encore Toi ! », sans qu'un regard aux champs, aux herbes, aux montagnes ne soit pour Lui. Ses yeux se firent transparents, lumineux comme l'air des jours, son pas oublia les cailloux, se fit léger, ample, tranquille, ses longs cheveux s'embroussaillèrent, se peuplèrent parfois de feuilles et parfois d'insectes frileux. « Encore Toi ! » disait sa bouche. Encore un village, un désert, une rivière, une forêt. Un soir sous le soleil couchant vint un hameau sur son chemin.

Il y trouva des gens en deuil. Le fils unique d'une veuve était mort dans l'après-midi. On vint à l'errant de passage. On lui demanda de prier près de la mère, au bord du lit. On le poussa dans la pénombre où elle pleurait sur son enfant. Il s'émut d'amour indicible. Il se pencha, posa les mains sur le cœur qui ne battait plus. Il dit :

– Seigneur, encore Toi, encore Toi, encore Toi !

Il leva le front, dit encore à la femme qui s'étonnait :

– Je ne sais pas d'autre prière. Ce mantra est toute ma vie.

Le petit mort ouvrit les yeux.

Hommes et femmes sur le seuil se regardèrent, s'avancèrent. Ils s'étreignirent, en rires, en pleurs. L'enfant s'assit, sourit à tous. La mère du miraculé tomba aux pieds de Saralah, baisa ses haillons, ses sandales. On s'en fut ouvrir les volets. La maison s'emplit de cris doux, de bénédictions, de lumière. À ceux qui caressaient son dos le saint homme dit :

– Bonnes gens, ce n'est pas moi qu'il faut bénir, c'est mon maître, Mohan le sage. Ce mantra qui ouvre le ciel, c'est lui qui m'en a fait cadeau. Lui seul connaît l'art des miracles. Je ne suis que son serviteur. Allez lui porter mon salut. Allez lui dire que sa vie m'est plus précieuse que la mienne. Maintenant, laissez-moi partir. Je dois poursuivre mon chemin.

Les gens emplirent leurs paniers de présents pour Mohan le sage. Ils s'en furent vers la vallée, et Saralah vers la montagne. Mohan reçut ces êtres simples avec une tendre amitié. Quand fut dit le nom du disciple qui avait réveillé le mort, il resta longtemps silencieux, puis se leva, prit son bâton et s'en alla seul vers les cimes où nichent les amants du Ciel.

# Majnun et Layla

Le nom de cet homme était Khays. Le désert était son pays. La tribu des Banu Amir était sa famille nomade. Il était le fils de son chef.

Son père, quand il vint au monde, le tendit au ciel en riant. À six ans d'âge, l'arc au poing, il chevauchait parmi les hommes. À dix ans, les meilleurs chasseurs ne pouvaient plus suivre sa course à la poursuite des gazelles. Il aimait parfois se cacher dans le silence du désert. Il jubilait de se voir seul tandis qu'on l'appelait, au loin. À quinze ans, un chant l'envahit. Sa vigueur se fit émouvante. Dans sa voix bruissait une source inconnue des caravaniers. Ses yeux faisaient trembler les filles, elles y découvraient le soleil qui échauffait leur ventre neuf. À seize ans, un soir de tempête, l'amour le foudroya debout.

Le vent de sable était passé. Il avait emporté des tentes, des enclos, des voiles de femmes, et renversé les outres d'eau parmi les braises du foyer.

– Va chez Mahdi chercher du feu, dit à son fils le chef des hommes.

Dans le crépuscule apaisé Khays enveloppa sa figure et bondit sur son cheval gris. Deux heures de galop fumant, le temps d'une danse d'étoiles dans l'enivrante liberté d'une obscurité sans chemins, il aperçut au loin des lumières mouvantes, il entendit des voix de gens. Il s'en fut au pas jusqu'au camp, jusqu'à la tente de Mahdi parmi les femmes accroupies, les enfants, les saluts tranquilles. Il dit au chef :

– La paix sur toi. Le vent nous a tué le feu.

– Prends ce qu'il te faut, dit Mahdi. Layla, ma fille, un pot de terre pour le fils des Banu Amir !

Dans l'enclos de roseaux Khays s'approcha des flammes, tendit ses mains à leur envol.

Un bruit de pas furtif le fit se retourner. Layla parut au seuil du cercle. Elle avait l'âge des pucelles qui croient leurs battements de cœur accordés à la vie qui vient. Son âme était encore simple, son corps désirable, déjà. Elle attendit, naïve, vive, une amphore vernie serrée contre son ventre. Khays la vit. Il perdit le souffle, et son esprit s'évapora. Il ne fut, soudain, qu'un regard. Son propre corps, le camp, le désert, les étoiles et son cheval qui hennissait en s'ébrouant près de l'enclos ne furent plus qu'un monde vague, un inconsistant au-delà, une rumeur de temps lointain. La seule vie terrestre aux contours assurés, le seul visage vrai, l'infinie familière et la tant attendue était là, devant lui. Layla. En un instant il vit tout d'elle, la lumière aiguë de ses yeux, un creusement fugace entre l'arc des sourcils, son souffle suspendu aux lèvres, une infime pression de main contre la paroi de l'amphore qu'elle ne pensait plus à offrir. Elle aussi semblait fascinée. Il vit son regard s'effrayer. L'envie lui vint de s'avancer, de lui dire de ne rien craindre, mais il ne put bouger d'un pas. Il ne vit pas venir Mahdi.

– Holà, Khays, cria-t-il, tu brûles !

Son manteau s'était enflammé aux tisons épars du foyer. Il était revêtu de flammes. À grands coups Mahdi s'affaira. Il débarrassa ses épaules. Il gronda :

– N'as-tu rien senti ? Misère, te voilà puant et plus guenilleux qu'un ermite !

Khays, immobile, répondit :

– Au-dedans c'est pire, Mahdi.

On accourut, on s'étonna, on se désigna ses haillons, on se prit à rire de lui. Layla s'était enfuie sous la tente des femmes. Khays s'en revint incandescent vers le camp des Banu Amir. Personne ne savait encore qu'il était désormais Majnun, le fou d'amour définitif.

Le lendemain, dès l'aube froide, après une nuit sans sommeil :

– Layla, dit-il. Revoir Layla.

Il empoigna son serviteur, le traîna jusqu'à son cheval, l'aida même à monter en selle.

– Va me chercher un rendez-vous avec la fille de Mahdi. Parle en secret à sa nourrice. Si elle renâcle, achète-la. Promets-lui dix chamelles blanches. Si tu me trahis, je te tue.

L'autre s'en fut. Khays l'attendit, debout sur une dune haute. Quand il le vit paraître au loin, le soleil dévalait l'autre versant du ciel.

– Qu'a-t-elle dit ? cria le fou.

Le messager mit pied à terre et répondit, le souffle court, en époussetant ses habits :

– Les femmes sont d'étranges bêtes. La nourrice a grogné : « Un rendez-vous d'amour ? Veux-tu ma mort ? C'est impossible ! » Puis : « Cache-toi, attends là-bas, derrière l'enclos des brebis. » Elle a couru chez sa maîtresse. Elle s'en est bientôt revenue avec un grand panier de fèves. Elle s'est mise à les écosser. J'attendais en passant du sable de la main droite à l'autre main, assis à l'ombre du cheval. Elle m'a vu, et ne m'a pas vu. Elle s'est mise à se fredonner, comme pour s'aider à l'ouvrage : « Oh, mes vieux doigts, mon dos brisé, ils sont longs, les jours des esclaves ! Heureusement, demain matin, à la source des palmiers nains Layla lavera ses cheveux, et je serai seule avec elle, et nous parlerons à son cœur sans craindre que l'on nous entende ! » Elle m'a regardé, l'air mauvais. Elle m'a crié : « Encore toi ? Hé, va-t'en, voleur de paroles ! »

Khays étreignit son serviteur, puis des deux poings le repoussa, et les bras ouverts au désert :

– Demain matin aux palmiers nains !

Mille fois il le répéta aux mille horizons du désert, jusqu'à le hurler aux étoiles.

Il fut au rendez-vous une heure avant le jour. Quand Layla vint au bord de l'eau, le soleil était déjà haut. Elle l'aperçut, elle s'effraya, prit la fuite, perdit son voile. Peut-être le dénoua-t-elle, peut-être était-il mal noué. Elle attendit sous un palmier que le jeune homme le lui rende. Il le lui tendit, prit sa main. Elle la retira vivement, en gémissant, comme brûlée.

– Pardon, je suis en feu, dit Khays.

Elle lui répondit :

– Aie pitié.

Il tendit les doigts à sa joue. Elle frémit, elle baissa le front. Il dit :

– Layla.

Sa voix tremblait.

– Que Dieu me protège, dit-elle.

– Tu es mon aimée. M'aimes-tu ?

– Si mon père le veut, dit-elle.

Il baisa le coin de sa bouche. Elle eut un cri d'oiseau menu. Un instant ils se contemplèrent. Ce fut comme s'ils regardaient, les yeux grands ouverts, le soleil. Leur âme n'était que lumière, leur corps que battements de sang. Un chant leur naquit au-dedans qui, parvenu au seuil des lèvres, ne fut plus qu'un balbutiement.

La nourrice leur vint dessus, surgie de l'ombre d'un rocher où son âne broutait des branches.

– Oh, le démon ! Le misérable ! Layla, ne t'a-t-il pas fait mal ? Et moi, pauvre, qui m'attardais ! Oh, mes pieds, oh, mes jambes lourdes qui ne veulent plus me porter ! Honte sur toi, brigand lubrique !

Elle le saisit par les cheveux.

– Va-t'en, assassin de vertu ! Que Dieu crible ta peau d'épines si tu reviens nous épier !

– Bonne femme, veille sur elle.

– Hé, je n'ai jamais fait que ça, répondit l'autre, à voix plaintive, les doigts croisés sous le menton.

Et tandis que Khays s'éloignait :

– Layla, dit-elle, ma colombe, raconte, raconte-moi tout, j'ai vu, mais j'aime mieux entendre !

Le fou s'en fut sans savoir où. Il ne voyait ni ciel ni dunes. Il voyait Layla dans l'air bleu. Il n'entendait plus ni le vent, ni le galop de son cheval. Il chantait à voix débridée. Il n'avait plus tête ni sens. Il n'était plus rien qu'une source, un lieu aimé du ciel d'où jaillissait un chant.

Qu'est-ce que l'amour ? Désir de l'âme, désir du cœur, désir du corps. Émerveillement et souffrance. Le chant seul peut dire cela. Les discours veulent des réponses. Les chants ne sont que purs élans. Ils sont comme les cris, les rires. Ils sont la parole du fou qui ne sait plus rien des miroirs et qui s'oublie, et qui se perd à la contempler, elle seule, elle qui emplit l'univers.

– Chante, Majnun, disaient les hommes, le soir, au feu du campement.

Non plus Khays mais Majnun, le fou. Du jour où il chanta Layla, ce fut ainsi qu'on l'appela avec la nostalgie secrète de n'être pas semblable à lui, car seul il avait eu l'audace de fuir l'enclos de la raison pour s'aventurer corps et âme sur ces chemins où les vivants n'espèrent que l'inaccessible. Il chanta debout près du feu pour ceux qui ne savaient pas dire, il chanta l'amour de Layla pour toutes les Layla enfouies dans des rêves inavoués, et l'on se tint, à l'écouter, les yeux clos et le front penché.

Un jour il fit porter à l'aimée cette lettre : « Mon amie, ma tant désirée, ton nom est là, entre mes lèvres, ton image est là, dans mes yeux, ton souvenir partout en moi. À qui écrire ? Tu es là ! »

Mahdi, le père de Layla, n'aimait pas qu'il chante sa fille. Il l'estimait prostituée, ainsi livrée à tous les vents. Il interdit qu'il la rencontre. Or, le berger de son troupeau était un ami de Majnun. Que fit le fou ? Il fut le voir.

– Donne-moi, lui dit-il, une peau de mouton. Je m'en revêtirai, puis tu me conduiras, au milieu des brebis, au plus près de Layla, que je puisse voir son visage, ne fût-ce qu'un pauvre moment.

Majnun dans son habit de bête put ainsi s'approcher

du lieu où campaient Mahdi et les siens. Il aperçut au loin l'aimée. À l'instant il en fut plongé dans un tel ébahissement qu'un vertige le submergea. Il s'effondra évanoui. Le berger le traîna au puits. Il aspergea ses joues, son front, et l'eau fraîche apaisa la fièvre de ce pauvre ivre mort d'amour.

Après un couple de semaines, comme il séjournait au désert chez des amis de sa famille, quelqu'un, le voyant aller nu dans l'air tremblant du plein midi, lui dit :

– Majnun, tu vas rôtir, le soleil est brûlant, couvre donc tes épaules !

– Frère, lui répondit le fou, as-tu quelque peau de mouton ? Mon corps ne veut pas d'autre habit, car seule une telle pelure me garde proche de l'amie qui me donne joie et douleur. Auprès de ce manteau de bête, que vaut la robe d'un sultan ? À mes yeux moins que vent qui passe, car sous sa laine, sache-le, j'ai pu voir un instant Layla !

Ce soir-là il chanta encore la beauté de sa bien-aimée.

Il le fit mille et mille fois, en d'autres lieux et d'autres jours devant mille bouches béantes. Il émut tant le cœur des gens que le calife de Damas voulut connaître cette femme qui troublait l'âme des vizirs autant que des palefreniers. Il l'invita dans son palais. Elle vint un jour, troublée, craintive, tenant la main de sa nourrice, vêtue comme pour une fête de sandales, de laine blanche, de bijoux de jade et d'argent.

– Ainsi c'est toi, l'incomparable, dit le Commandeur des croyants en la regardant de son haut. Pour une fille du désert tu me parais assez aimable, mais dans les jardins de Damas sont mille fleurs plus enivrantes. À dire vrai, je suis déçu.

Il renvoya Layla chez elle et se fit amener Majnun.

– Tu es, lui dit-il, un poète, donc un menteur. Honte sur toi. Ton chant est plus beau que Layla.

– Seigneur, lui répondit le fou, tout est affaire de regard. Si tu voyais ma bien-aimée par les yeux de ma pauvre tête, tu saurais que mon plus beau chant ne vaut pas le souffle de vent qui vole au sable du désert les empreintes de ses pieds nus.

La réponse émut le calife.

– Ta folie, lui dit-il, est un cadeau du Ciel. Il me plaît qu'elle soit honorée. J'ordonne donc que les marchands de cette cité fortunée soient pour un jour tes serviteurs. Va de ma part chez les orfèvres, les pâtissiers, les parfumeurs, les tailleurs de robes de Cour, les bottiers, les apothicaires. Prends ce que tu veux, c'est gratuit.

La nouvelle envahit la ville comme un fleuve aux digues rompues. Le lendemain, sur les marchés et dans les ruelles des souks on voyait des Majnun partout, griffus, crochus, les sacs ouverts, courant des arrière-boutiques aux étalages de plein vent. Le calife apprit l'invasion et le désarroi commerçant. Il se tourna, l'œil tourmenté, vers ses esclaves philosophes.

– Que faire, ô sages ? leur dit-il.

L'un d'entre eux, un vieil amoureux revenu de mille débâcles, répondit :

– Ordonnez, seigneur, qu'ici même, au prochain matin, Majnun s'en vienne offrir son cœur au poignard de sa bien-aimée.

Un seul vint à l'aube. Le vrai.

– Épouse-la, lui dit son père, un soir après qu'il eut chanté jusqu'à extasier les astres. Mahdi est un homme d'honneur. Il me plaît d'unir nos familles. Ne crains pas. Je lui offrirai cent chamelles chargées de soie et douze chevaux de parade. Il t'acceptera volontiers.

Mahdi refusa violemment. La honte lui rongeait l'esprit. Son cœur était si tourmenté qu'il n'honorait plus son épouse et ne voulait plus voir Layla. Son nom impudemment livré à la voix, aux rêves secrets, aux tambours, aux danses des hommes lui était trop grande douleur. Le jour où les Banu Amir vinrent avec leur caravane de cadeaux et d'heureux saluts il leur cria, les poings brandis :

– Marier ma fille à ce fou ? Plutôt lui arracher le cœur ! Vous avez ruiné mon honneur ! Fuyez, maudits, allez au diable ! Voulez-vous voir le sable en sang ?

Majnun, avant de tourner bride sous les insultes et les cailloux, vit Layla derrière son père enfouir sa figure éperdue entre les seins de sa nourrice. Il s'en revint avec les siens. De ce jour-là le fou d'amour le fut aussi de désespoir.

Ses yeux perdirent leur éclat, son corps ses vigoureux élans, ses lèvres leur souffle émouvant. Le jour il errait, le front bas, comme s'il cherchait dans le sable où son esprit était tombé. La nuit il regardait le feu, puis la dernière braise éteinte il restait seul avec les chiens qui venaient blanchir leur museau à renifler les cendres tièdes. Il dépérit. On s'inquiéta. Qui pouvait lui redonner vie ? « Dieu seul, s'Il veut », pensa son père. Il décida de le mener en pèlerinage à La Mecque. Un matin on leva le camp et l'on prit le chemin sacré.

Au soir du soixantième jour les remparts de la ville sainte apparurent au fond du ciel. On fit halte dans le faubourg, à l'abri d'une palmeraie. Alentour, dans le crépuscule, d'autres pèlerins s'affairaient. On entendait des voix tranquilles, des prières, des tintements, des appels, des rires d'enfants. Majnun, assis contre un palmier, le regard perdu dans la nuit, sentit soudain sur son épaule se poser une main amie. Son père était là, près de lui.

– Sens-tu la tendresse de l'air ? dit le chef des Banu Amir. Nous sommes au plus près de Dieu. Je Le prie et je Le prierai tout au long de notre séjour de t'arracher à cet amour qui tient ton âme prisonnière. Ce soir, mon fils aimé, je sais qu'Il m'entendra.

Les yeux obstinément lointains le fou répondit à son père :

– T'entendra-t-Il ? M'entendra-t-Il ? Moi, je Le prie à toute force de ne jamais m'en délivrer.

Ce fut lui que Dieu exauça.

À l'heure où chacun s'endormait, la tête sous les couvertures, Majnun se dressa vivement. Une voix appelait Layla dans la nuit de la palmeraie, une autre Layla que la sienne, une enfant joueuse peut-être, ou peut-être éloignée des siens, qu'importait au fou réveillé ! Son âme lui dit que l'aimée s'était égarée sous les arbres. N'était-elle pas avec lui, où qu'il aille, le jour, la nuit ? Il entendit son nom encore. Alors il s'en fut gémissant, les mains devant, comme un aveugle. Il courut, appelant Layla, trébuchant aux corps allongés çà et là sous les arbres sombres, hurlant son nom, s'égosillant jusqu'à ce que sa voix se fende sous les étoiles revenues à la lisière des palmiers, jusqu'à ce que ses pas se perdent dans le désert indifférent. Dieu venait de le faire errant.

Un jour, agenouillé au bord de son chemin, comme il laissait couler le sable entre ses doigts, il vit venir à lui l'ombre d'un voyageur. L'homme s'arrêta, se pencha.

– Majnun, dit-il, que cherches-tu ?

Le fou lui répondit :

– Layla.

L'autre, étonné, se prit à rire.

– Regarde donc autour de toi. Il n'y a là que terre et cailloux. Comment une perle aussi rare pourrait-elle s'être perdue dans la poussière du chemin ?

Majnun leva vers lui ses yeux où brillaient deux flammes vivaces.

– Je la cherche partout, dit-il, car je n'ai d'autre espoir au monde que de la retrouver un jour, quelque part, je ne sais pas où.

Un soir de halte dans un bois, près d'une source au chant menu :

– Quel âge as-tu ? lui demanda un vieux derviche de rencontre.

– Mille et trente ans, lui dit Majnun.

Et comme l'autre le traitait de plaisantin paradoxal :

– Ma bouche un jour a effleuré le coin des lèvres de Layla. L'instant d'un souffle j'ai vécu mille années de vie bienheureuse. Les trente ans ne furent pour rien, sauf attendre et se souvenir.

Layla mourut avant Majnun. On vint le chercher au désert où il errait, sauvage et nu, de cavernes en champs de cailloux et de campements de hasard en mirages de caravanes. On lui dit :

– Celle que tu aimes s'en est allée au paradis.

– Parlez-vous de Layla ? leur répondit Majnun. Qui prétend ici que je l'aime ?

Les hommes s'entre-regardèrent.

– Tu as offert, lui dirent-ils, tant de poèmes, tant de chants aux merveilles de son visage, aux subtilités de son cœur, pour elle tu as tant souffert ! Pourquoi donc, sinon par amour ?

Le fou sourit, enfin paisible. Il dit aux regards soucieux :

– Majnun n'est plus, il est Layla. Layla n'est plus, elle est Majnun. Désormais les deux ne font qu'un. Compagnons, ce n'est pas pour elle que mon âme s'est égarée, c'est en elle qu'elle s'est défaite comme le sucre dans le lait.

Et s'agenouillant sur le sable :

– Je ne suis plus. Dieu soit béni.

Il trépassa sans autre mot. Il fut couché près de Layla. Leurs corps se firent même terre, puis même poussière envolée au gré des vents et des chemins.

# Les deux qui aimaient Mi Yang

Dans l'île des Saules-Pleureurs vivait Mi Yang le solitaire. Au loin, sur la rive de l'ouest, les nuages au ventre fumeux veillaient sur les toits du village où demeuraient deux jeunes fous. Ils aimaient cet homme, sur l'île, comme leur père nourricier. Chaque soir, quand tombait le vent, ils poussaient leur barque sur l'eau à travers le courant vivace et s'en allaient le visiter. Ils s'asseyaient devant le feu. Ils écoutaient Mi Yang parler. Ils buvaient son lait de sagesse comme des nouveau-nés au sein. Quand le vieil homme se taisait, ils restaient longtemps silencieux, l'œil perdu, la bouche béante, puis auprès des braises mourantes ils tendaient la tête à ses mains pour la bénédiction du soir et s'en retournaient au village, en fredonnant, les rames lentes et la lanterne remuante dans le brouillard doux de la nuit.

Un jour, plus de barque à l'amarre. Elle s'en était allée sans eux, peut-être seule, à la dérive, peut-être emportant un voisin. Ils virent Mi Yang sur son île qui de la main disait : « Venez ! » Savait-il, ne savait-il pas qu'ils ne pouvaient pas le rejoindre ? Ils s'avancèrent au bord des vagues, le cœur poigné, plus démunis que deux errants au bord d'un gouffre. Ils crièrent :

– Père Mi Yang !

Ils avaient faim de ses paroles, mais aussi de son vieux regard, de sa lenteur, de ses silences, de ses mille rides rieuses au coin de ses yeux amoureux, et de son odeur un peu âcre d'herbe mêlée de bois brûlé.

– Que craignez-vous donc, jeunes gens ? cria Mi Yang du bord de l'île.

L'œil captivé par le vieil homme qui leur faisait signe en riant, riant aussi ils s'avancèrent, ils franchirent le bord de l'eau, firent un pas, puis deux, puis trois.

Peut-être le fleuve s'émut de leur innocente gaieté. Peut-être leur désir d'aller leur fit oublier de peser. Titubants sur les vagues grises, maladroits comme deux enfants debout pour la première fois, les mains tendues aux bras ouverts, là-bas, sur la rive de l'île, ils traversèrent le courant. L'eau ne mouilla que leurs sandales. Alors Mi Yang, extasié, dit à ces fils qui lui venaient comme des voleurs de miracles :

– Voyez comme l'amour vous porte, enfants bénis de mes vieux jours ! Lui seul peut tout, les mots sont vides s'il ne leur donne pas la vie ! Que n'ai-je un être à désirer comme vous savez si bien faire ! Je marcherais aussi sur l'eau, moi qui ne sais que rêvasser, faire mon feu, cuire ma soupe et dire des vérités simples à des jeunes fous sans souci !

# Aigle Jaune et Aigle Vert

Au temps aimé du Tout-Puissant où la vérité était jeune vécut un calife angoissé. Il était père d'une fille (Lalla Aïcha était son nom) qui lui faisait trembler les mains dès qu'elle allait hors de sa vue. Elle était son trésor vivant. Et donc sans cesse il s'effrayait de presque tout, surtout de rien, d'un vol de microbe passant à portée de sa bouche close, d'un risque d'accident majeur dès qu'elle grimpait sur l'escabeau pour attraper un roman rose. Bref, il vivait l'âme assiégée par les démons de l'amour fou. Que fit ce père exagéré ? Il enferma sa bien-aimée dans une tour de son palais. « Ainsi, se dit-il, ma gracieuse n'aura plus rien à redouter des méchancetés de la vie, et si Dieu le veut, moi non plus. »

Dix années paisibles passèrent dans la chambre aux coussins légers, aux arômes antiseptiques, aux meubles sans aspérités. Lalla Aïcha apprit l'algèbre, la musique, la poésie. Son plafond bleu était son ciel, son tapis de laine sa terre, son père son dieu nourricier et son opulente servante son peuple heureux et dévoué.

– Pain sans croûte, viande sans os, fruits sans pépins et sans noyaux, ma belle enfant, bon appétit ! disait chaque midi cette joyeuse esclave en lui servant son déjeuner.

Bannir tout risque d'éraflure, tel était l'ordre draconien donné aux royales cuisines. Mais la loi s'use, comme tout, et l'erreur nous est nécessaire, sinon qu'apprendrions-nous jamais ? Vint la fatale matinée où le marmiton de service laissa le croûton sur la mie et le fémur dans le gigot. Lalla Aïcha s'en étonna.

– Quel étrange bâton, dit-elle en cognant l'os contre le mur.

Comme par hasard la servante s'était un moment absentée. « Cet outil, pensa la naïve, doit servir à quelque magie. » Elle s'en fut frapper la fenêtre. Sa vitre évidemment opaque était teintée d'azur parfait. Elle se brisa. L'air du dehors envahit soudain sa figure. Elle s'ébahit. Elle s'exclama :

– Oh, ce ciel ! Oh, ces horizons ! Oh, ce bateau sur la rivière ! Et ces oiseaux dans le jardin !

Elle mit la main devant sa bouche et demeura extasiée. Perchés à la cime d'un chêne parmi d'ordinaires moineaux étaient deux aigles somptueux. L'un était jaune et l'autre vert. Elle se pencha. Sa chevelure sous le vent doux se dénoua. Elle cria :

– Êtes-vous des dieux ou des vivants de ce beau monde ?

L'aigle jaune la contempla. Son œil fier et mélancolique se fit soudain éblouissant. « Quelle noblesse ! » se dit-elle. L'aigle vert déploya ses ailes et s'envola vers le haut ciel. Il appela son compagnon, qui parut s'éveiller d'un songe. Il s'ébroua, s'en fut d'un trait. Lalla Aïcha se retourna vers ses parfums de chambre close, elle s'affala sur un sofa, regarda les murs, le plafond, les tapis précieux. Elle pensa : « Comment ai-je pu si longtemps vivre enfermée dans cette cage ? »

Elle entendit dans l'escalier le pas lourd et lent de son père. Elle s'en fut tirer le rideau devant la fenêtre brisée.

Le lendemain, de bon matin :

– Malka, dit-elle à sa servante, va me cueillir des abricots.

– Lalla Aïcha, ma bien-aimée, le printemps est né tout à l'heure. Les arbres sont à peine en fleur, le temps des fruits n'est pas venu !

– Va t'asseoir sous les branches basses et prie qu'ils mûrissent bientôt.

Elle poussa la fille à la porte, s'enferma, s'arrangea le col, courut à la vitre cassée, baigna son visage de brise, scruta le ciel, les horizons, vit l'aigle vert et l'aigle jaune traverser les feux du soleil. Les bras et la tête dehors, des deux mains elle les salua. Elle sentit leurs ailes superbes effleurer le bout de ses doigts. Ils descendirent, tournoyèrent. Enfin la cime du vieux chêne ploya sous leurs corps apaisés. Lalla Aïcha, émerveillée, arracha son collier de perles, l'égrena dans l'air du matin.

– Prince doré, frère des cieux, reçois ces soupirs de mon âme !

L'oiseau jaune tendit le bec. L'oiseau vert quitta le feuillage. Son compagnon, comme à regret, ouvrit ses ailes et le suivit. Lalla Aïcha les regarda s'éloigner dans le ciel limpide, elle les regarda disparaître, elle regarda longtemps encore jusqu'à ne plus voir que ses larmes entre le ciel et l'infini.

Le jour fut lent, la nuit pensive, et le matin tant attendu d'abord content, puis inquiétant, puis désespérément désert. Aucun des deux aigles ne vint. Elle ne voulut pas déjeuner. Elle pleura toute la journée. Au soir le calife accourut, le regard cerné par l'angoisse et le front en papier froissé.

– Quel souci te ronge, ma rose ? Ma pâlotte, qui t'a fait mal ? Regarde-moi, parle sans crainte, dis-moi le méchant qui te peine, et je l'embroche sur un pal !

Seul un sanglot lui répondit. Le lendemain, même misère. Vaine attente, regards perdus, repas ramenés aux cuisines, nez reniflant, sanglots mouillés enfouis au creux de l'oreiller. Le calife fit appeler ses docteurs et ses astrologues. Ils auscultèrent la dolente, ils observèrent ses humeurs, ses étoiles, son blanc de l'œil. Ils n'y virent rien d'anormal. Alors son père, à bout de nerfs, convoqua ses crieurs publics.

– Jusque dans les moindres villages, leur dit-il, publiez ceci : « Un mal à ce jour inconnu trouble l'âme de la princesse. Qui saura éclairer ses yeux d'un sourire satisfaisant sera nommé premier ministre et gardien des trésors royaux. Qui tentera, ne pourra pas et s'imaginera, l'idiot, que l'on peut sans souci majeur décevoir l'espoir d'un calife sera empalé tête en bas. Qu'on se le dise. »

On se le dit. Trois cent soixante jeunes gens prirent le chemin du palais, se perdirent dans des yeux tristes et la porte à peine passée, ils tombèrent dans l'au-delà.

Or, un matin de ces jours-là, une pétulante grand'mère mit sa corbeille sur sa tête, franchit le seuil de sa maison et dit à sa petite fille qui s'occupait au potager :

– Je vais laver la laine neuve, et s'il me reste un peu de temps, je pousserai jusqu'au palais. J'aimerais bien allumer l'œil de notre bien-aimée princesse.

La fille en perdit les tomates qu'elle entassait au creux du bras. Elle cria, effarée :

– Misère ! Elle est folle ! Elle me fait mourir ! Faire rire Lalla Aïcha ! Et moi, veux-tu que je te pleure ? Par tous les saints du paradis, sais-tu que tu risques ta vie ?

– Hé, je plaisantais, dit la vieille. Je suis le chemin de mon cœur. Et où va-t-il ? À la rivière. Bien le bonjour, j'en reviendrai !

Elle s'en alla par les buissons en fredonnant un air allègre, parvint à la rive déserte, s'agenouilla au bord de l'eau et vaillamment fit son ouvrage. Midi s'en vint sous l'arbre sec qui lui servait de vague ombrelle, le soleil passa, descendit et s'en fut allumer son feu dans sa cabane du couchant.

– Enfin, dit-elle, j'ai fini. Et voilà qu'il va faire nuit. Oh, ma carcasse ! Oh, mes genoux ! Oh, le dur chemin du retour ! Je vais dormir là, sous les branches.

Elle se coucha, bâilla trois fois, enfouit sa tête dans sa manche et partit en longs ronflements.

Un clapotement de sabots lui fit soudain dresser le front. Un âne, dans l'ombre, venait. Pourtant (bizarre !) il était seul. Personne pour tirer sa bride. Elle s'accroupit derrière l'arbre et risqua le bout de son nez. Elle vit la bête s'arrêter, au bord de l'eau, à dix pas d'elle, ployer les pattes, se coucher. Alors des deux paniers pesants qui lui pendaient contre les flancs elle vit s'envoler une assiette, puis deux, puis trois, puis cinq, puis dix, les vit plonger dans le courant, s'ébrouer, s'asperger d'eau vive, et (prodige !) rire et parler à voix de filles chatouillées.

– Frotte, ma sœur, frotte-moi bien, chantonnait l'une, ruisselante.

– Et mon visage, disait l'autre en se mirant complaisamment dans la lune penchée sur elle, est-il assez propre, dis-moi ?

– Être au service d'Aigle Jaune et d'Aigle Vert est un honneur, viens là, petite, et plonge donc, je veux te voir éblouissante !

En hâte elles firent leur toilette, puis, voletantes, elles s'en revinrent s'empiler dans les deux paniers. Alors l'âne se redressa et dans la nuit s'en retourna. « Mille millions de libellules, pensa la grand'mère ébahie, où va-t-il ? Je veux le savoir. Si j'en meurs, je serai tranquille, je n'aurai plus mal aux genoux, et si je vis, j'aurai de quoi époustoufler notre princesse ! »

De tronc d'arbre en ombre de roc elle trotta derrière la bête. Comme ils parvenaient Dieu sait où (dans la nuit noire Lui seul voit) apparut un portail de bois dans la paroi d'une falaise. Il s'ouvrit seul. L'âne et la vieille, l'un devant et l'autre cachée à l'abri des paniers d'assiettes, entrèrent dans une maison illuminée d'autant de lampes qu'il est d'étoiles dans le ciel. La vaisselle bondit en l'air, s'envola vers les étagères. L'âne se coucha sur le seuil. Une troupe de musiciens vint s'asseoir parmi les coussins sous les mille feux de la voûte. Flûtes, violons, luths s'accordèrent, firent silence un court moment, puis un chant soudain s'éleva. Alors deux aigles magnifiques descendirent du haut plafond et se posèrent sur les dalles. L'un était jaune et l'autre vert. Quatre serviteurs accoururent. Ils leur ôtèrent leur plumage comme ils l'auraient fait de manteaux. Apparurent deux jeunes princes. La vieille, entendant murmurer les esclaves qui s'affairaient, sut bientôt qui étaient ces êtres. Tous deux étaient ensorcelés par une intraitable marâtre. Leur vieux père les croyait morts. On vint leur servir à dîner. Le plus beau était pâle et triste. Il soupira :

– Je n'ai pas faim.

Son compagnon lui prit l'épaule.

– Mon frère, tu me fais souci. Que faut-il pour te réjouir ?

– L'ignores-tu ? Lalla Aïcha ! La voir, la toucher, la chérir !

– Si tu l'aimes sans être aimé, le vent dispersera nos cendres !

– Mais si j'ai su toucher son cœur, toi et moi serons délivrés du sort qui nous tient prisonniers !

– Est-elle éprise ?

– Je l'ignore. Dieu du Ciel, comment le savoir ?

Il repoussa les nourritures et posa le front dans sa main. Les esclaves ôtèrent les viandes, les potages et les sucreries. Alors l'âne se redressa, les assiettes s'en furent seules s'enfouir dans son double panier, le portail s'ouvrit pesamment, la vieille sortit la première et dans le matin renaissant elle s'en fut au palais royal.

Deux énormes gardes croisèrent leurs sabres courbes entre ses yeux.

– Soldats, leur dit-elle, pardon, Lalla Aïcha n'attend que moi !

– Plus de trois cents fous de ta sorte ont déjà dit ces mêmes mots. Sais-tu où ils sont ?

– Peu m'importe. Moi, je suis dans la main de Dieu.

Lalla Aïcha était assise derrière sept voiles tendus entre les coussins de son lit et la porte où parut la vieille. Elle conta l'étrange toilette de la vaisselle au fil de l'eau.

– Frotte-moi ci, frotte-moi là.

La princesse resta muette. L'autre, tremblante, poursuivit :

– Alors j'entendis l'une dire : « Être au service d'Aigle Jaune et d'Aigle Vert est un honneur ! »

– Écarte le premier rideau ! cria soudain la moribonde.

L'autre conta son aventure jusqu'à l'instant où les oiseaux furent défaits de leur plumage.

– Alors parurent deux seigneurs !

– Grand'mère, écarte le deuxième et le troisième, je me meurs !

– On leur servit un beau repas. L'un des deux princes (oh, son visage ! magnificence des vrais rois !) dit qu'il n'avait pas d'appétit. « Pourquoi donc ? » demanda son frère. Savez-vous ce qu'il répondit ?

– Le quatrième et le cinquième, vieille, j'étouffe, ouvre-les donc !

– « Je pense à la tendre, à la belle, à l'unique Lalla Aïcha ! »

Les sixième et septième voiles tombèrent dans un rire clair.

– Conduis-moi vite à la vaisselle.

– Cette nuit même, mon enfant !

Elles y furent. Elles suivirent l'âne. Aigle Jaune surgit de l'ombre dans la maison aux mille feux. Lalla Aïcha lui vint devant. L'amour abasourdit leur âme. Leur vie émerveilla le temps.

## Soleil Naïf

Le nom de cet homme était Soun, mais il était si lumineux, si crédule, si confiant qu'on l'appelait Soleil Naïf. Son destin, par plaisanterie, lui avait fait six doigts aux mains et sa nature, bonne fée, avait voulu qu'il soit lettré, savant comme une bibliothèque, et calligraphe délicat. Seul défaut de cet homme rare : son excessive ingénuité. Sans cesse ébloui, stupéfait et débordant d'exclamations, ainsi écoutait-il les fables qu'on se plaisait à lui conter. Quant à son cœur, il s'emballait au moindre regard de passante. Les femmes le bouleversaient. Qu'il se retrouve en compagnie de quelque riante pucelle, il bégayait, il rougissait, suait du front, prenait la fuite. Bref, on jouait de ses effrois, on raillait ses étonnements, mais personne ne savait rien du feu qui échauffait son sang. Ainsi sont souvent les timides, apparemment inoffensifs, secrètement incandescents.

Dans la ville où il demeurait était le palais d'un marchand moins fortuné qu'un empereur, mais plus qu'un noble de sa suite. Ce grand homme avait une fille, A Min, lumière de ses jours. Elle avait l'âge d'épouser, selon son père, au moins un prince. Elle était fragile, émouvante comme un prunier au mois d'avril, mais elle semblait inaccessible aux prétendants énamourés qui tournaient autour de sa robe. Elle les avait tous éconduits. Elle avait le cœur difficile. Les amis de Soleil Naïf, à grands coups d'aiguillons bravaches, sans cesse le tarabustaient :

– Tente ta chance, petit frère, la belle A Min n'attend que toi !

– Vous êtes sûrs ? Je suis si pauvre !

– Pourquoi crois-tu qu'elle ait chassé les élégants sentimentaux qui rêvaient d'empocher sa dot ?

– Amis, vous me bouleversez !

– Elle t'espère !

– Quelle merveille !

Un matin, donc, le cœur en feu, il s'en fut frapper au volet d'une vieillarde entremetteuse. Frémissant comme un tremble au vent, il lui confia la mission d'aller offrir ses biens, son âme et son cadeau de fiançailles à celle qu'il ne put nommer qu'au bout d'un flot de bégaiements. La noueuse de sentiments se vêtit en grande occasion, s'en fut au palais du marchand, plaida la cause du Naïf auprès du père et de sa fille, revint, s'assit, ôta ses gants.

– Alors, c'est oui ? C'est non ? C'est quoi ? lui demanda l'illuminé.

– La vérité, répondit-elle, est que mademoiselle A Min, quand elle a su votre demande, est partie d'un rire pointu. Elle a rosi, signe évident d'une absence d'indifférence à mon avis de bon aloi, puis elle a dit exactement : « Je ne donnerai pas ma main aux six doigts que compte la sienne. Si monsieur Soun veut m'épouser, je veux que d'abord il s'ampute de ce sixième intempestif. Quand il l'aura sacrifié, j'accepterai de réfléchir. »

– Bénie soit sa volonté simple ! s'exclama Soun, extasié.

Il trotta jusqu'à sa cuisine, choisit un couteau affûté, posa sa main gauche d'abord, puis la droite à peine tremblante sur la planche à hacher menu et se trancha les doigts de trop. Il eut mal, il saigna beaucoup, s'évanouit quelques minutes, resta douze jours alité, s'en revint chez l'entremetteuse, pâle, amaigri, mais rayonnant.

– Bonne femme, allez informer mon incomparable promise que j'ai fait selon son désir.

– J'y cours, lui répondit l'aïeule.

Elle y fut sans se presser trop.

On la reçut dans le boudoir où mademoiselle et ses sœurs brodaient un bouquet d'églantines sur une tenture de soie. A Min la fit asseoir près d'elle, puis ébahie, l'aiguille en l'air, elle écouta ce que la vieille se complut à lui murmurer avec force gestes coupants. A Min rougit intensément et répondit à voix discrète, en reprenant sa broderie :

– Je n'épouserai pas cet homme avant qu'il n'ait perdu ce mot qui défigure son Soleil. Qu'il cesse enfin d'être Naïf, voilà ce que mon cœur exige !

L'amputé trouva la réponse plus vexante qu'un dos tourné. On ne se voit pas comme on est. Il protesta qu'il n'avait rien de ce candide indécrottable qu'on se plaisait à voir en lui et décida d'aller sur l'heure prévenir la belle effrontée qu'il avait la tête plantée non pas dans les nuées des anges mais dans l'air sobre des savants. Il sortit, la mine revêche et du grognement plein le nez. Il rencontra des camarades qui discutaient philosophie à l'ombre d'une allée de pins.

– Soleil Naïf, hé, où vas-tu ?

L'autre ne leur répondit pas. Ils le suivirent, ils l'entourèrent. En bousculade ils firent halte au seuil du jardin du marchand. Soun vit A Min à sa fenêtre. Il en resta pétrifié.

Les bruits, les rires, la lumière, les tapes rudes sur son dos se firent si vagues soudain qu'il n'en perçut presque plus rien. Tout cela (bizarre prodige) semblait parvenir à ses sens comme la lointaine rumeur d'un au-delà sans importance. Il se vit seul avec l'aimée, près d'elle, immobile, muet. Elle ne paraissait pas le voir. Il entendit, dans l'autre monde :

– Hé, Soun, remue ! Tu nous fais peur !

– Sa peau est dure comme un arbre. Voyez son regard. Il est mort !

– Non, il respire, mais à peine. Prenez-lui les pieds et les bras !

On le porta jusque chez lui, on le coucha, le secoua.

– Soun, pauvre Soun, dis, reviens-nous !

Il remua malaisément et répondit à voix pâteuse :

– Je suis dans la maison d'A Min.

Se pouvait-il que son esprit, à peine l'aimée aperçue, se soit envolé de son corps ? On s'en fut en hâte chercher un expert en âmes perdues. Il accourut, posa l'oreille sur la poitrine du gisant, avertit solennellement qu'il n'y avait pas de temps à perdre, prit la vieille veste de Soun et rameuta la compagnie. Lui devant, les autres derrière, ils coururent tous chez A Min. Elle leur ouvrit, les écouta, s'offusqua, les mains sur les tempes. Elle venait de prendre son bain. « M'aurait-il vue nue ? » se dit-elle. Elle s'en fut se pelotonner au fin fond de sa penderie et regarda entre deux robes l'exorciste agiter l'habit qu'il avait pris chez le mourant, renverser quelques bibelots, aller çà et là, le nez haut, en grondant des menaces graves. Il saisit enfin l'évadé (du moins son geste vif et ferme parut interrompre un vol d'air), il le fourra dans une manche et partit sans dire au revoir.

Dans sa chambre Soun s'éveilla. À ses amis abasourdis il conta la journée parfaite qu'il avait passée chez A Min. Il décrivit le lit, les fleurs, les tapis, les menus objets de l'appartement de l'aimée, les miroirs, la salle de bains. Il se tut avant d'exalter le dénudement de son corps dans la paisible intimité où croyait être l'innocente, mais ses yeux parlèrent pour lui.

Quand la jeune fille eut appris que Soleil Naïf, invisible, l'avait partout accompagnée, elle sentit son sang s'échauffer, point de rage, mais d'un émoi délicieusement effrayant. Elle brûla de le rencontrer, autant que Soun, secrètement, souffrit de cet arrachement qu'il ne pouvait raccommoder. « Mais comment, se demandait-elle, aimer ce lettré incongru, un jour esprit, un jour charnu ? Mon père veut que je l'oublie, mes sœurs me croient contaminée par je ne sais quel sortilège, et j'en viens à soupçonner l'air d'attouchements inconvenants. Je vis un étrange tourment ! » Et Soun, errant dans sa maison, de vestibule en lit défait : « Comment à nouveau m'évader de cette carcasse pataude qui ne sait même pas voler, franchir les murailles sans portes, baiser sans qu'elle en sache rien les seins menus de mon aimée ? Par quelle faille l'ai-je fuie, par quel trou de chair, quel miracle ? » Il se rongea tant d'impatience, de désir et de désespoir qu'il se coucha, un jour de pluie, sans plus vouloir se relever.

Or, il advint qu'un perroquet vint buter contre sa fenêtre. Il paraissait à bout de vie. Il l'était. Soun le recueillit, souffla sur ses plumes mouillées. Peine perdue. L'autre couina un adieu sec à l'existence et mourut au creux de ses mains. Il le déposa sur son lit. « Si je pouvais être un oiseau ! » soupira-t-il, les yeux au ciel. Son regret à peine naissant n'eut pas le temps de s'aggraver. Un grincement lui répondit, un frémissement de plumage, un cri, un claquement de bec. Le perroquet ouvrit ses ailes, se défit des draps chiffonnés et s'en alla dans le ciel gris.

Il vint se poser sous l'auvent, devant la porte du jardin où A Min feuilletait un livre du maître conteur Pou Song Ling. Elle avait ôté ses pantoufles pour offrir ses pieds à la pluie.

– Bel oiseau, d'où me tombes-tu ?

Il s'ébroua. Il répondit :

– De la chambre de votre amant. Je suis Soun, ô reine des femmes !

Elle sursauta, frémit, gémit, s'éloigna, s'en revint en hâte.

– Monsieur Soun, dit-elle, effarée. Quelle audace ! Quelle merveille ! Hélas, vous voilà perroquet !

– Si je respire vos parfums, si je me chauffe à votre ventre, si vous me donnez la becquée, que m'importe, ma bien-aimée !

– Mais c'est un homme que j'espère !

– M'aimez-vous ?

– Hélas, je l'avoue.

– Voulez-vous être mon épouse ?

– Je le serai d'âme et de corps si je peux voir votre figure, si votre bouche dit mon nom, si vos mains dénouent ma ceinture, je le serai, j'en fais serment !

Le perroquet resta songeur, un moment, la tête penchée, puis d'un bond vint sur le plancher, saisit du bec une pantoufle et s'envola dans l'eau du ciel.

À peine entré par la fenêtre dans la chambre où il était mort, il s'écrasa contre une armoire et s'en revint chez ses aïeux. Soun, sur son lit, ouvrit les yeux, se leva, prit son parapluie. Il s'en alla, de flaque en flaque, chez la lieuse de destins.

– Cette pantoufle, bonne femme (il la lui brandit sous le nez), ornait tout à l'heure le pied de mon incomparable amante. Elle l'a offerte de bon cœur, en gage de sa foi jurée, au perroquet qui voulut bien me prêter son bec et ses plumes. Allez chez elle, je vous prie, et dites-lui que monsieur Soun n'a pas oublié la promesse qu'elle a faite à l'oiseau défunt. Ne cherchez donc pas à comprendre, elle saura de quoi il s'agit.

La vieille femme ronchonna :

– Fort bien, j'y cours, mais lentement. Oh, cruauté des rhumatismes ! Passez-moi ma canne, garçon. Vous serez bientôt marié.

Cela fut dit un jour d'avril. Les cerisiers étaient en fleur. Aux fruits rouges monsieur Soleil épousa demoiselle A Min. Il faisait un temps magnifique. De leur vie on ne sait pas plus.

# La femme qui ne voulait pas répondre

Qui n'a pas connu Maria Ruth ignore la force des femmes. D'aussi belles qu'elle ici-bas on en rencontra quelquefois dans la foule obscure des siècles, et d'aussi bonnes ménagères il paraît qu'il en fut aussi, mais de cœur aussi ferme et droit, aussi têtu, aussi secret, personne n'en vit nulle part. Ceux qui savent disent ceci : « Vigueur des hommes tout en corps, vigueur des femmes tout en âme. » Invincible fut celle-là.

On dit qu'elle fut aimée d'un noble, mais il n'était pas à son goût. Il vint un soir la visiter. Il était puissant comme un ours. Le ventre dur, les mains partout, il voulut la pousser au lit. Elle lui dit :

– Quitte ton manteau. Couche-toi sous la couverture. Il me faut rallumer le feu. Je vais chercher du bois dehors.

Elle sortit pieds nus, en chemise, elle prit la fuite dans la nuit, courut vers de lointains hiboux, traversa une longue lande, vit dans la brume une lueur, parvint au seuil d'une maison. Elle entra. Un homme était là, assis devant la cheminée. Il regardait danser les flammes. Il pensait peut-être, ou rêvait.

– Entre, dit-il.

Elle répondit :

– J'ai besoin d'aide. On me poursuit.

Il ronchonna :

– Qui donc ? Le vent ?

Il lui jeta un coup d'œil triste. Il semblait las. Il se leva.

– Ne crains pas, fais comme chez toi. Tu peux manger, boire et dormir. Il y a du pain dans le buffet, du lait chaud, du fromage blanc et sur le banc des couvertures. Tu seras tranquille. Je sors.

– Merci, dit-elle. Tu es bon.

Il prit son chapeau et partit.

Elle s'installa dans sa maison. Elle le servit une saison, fit sa cuisine et son ménage. Il parlait peu et par respect, plus que par crainte, elle se taisait. Elle se plaisait à leurs silences. Il semblait content qu'elle soit là. Elle aimait le voir satisfait. Le seul moment de la journée dont elle n'aimait pas la venue était l'heure du crépuscule. Dès que la terre s'embrumait, il chaussait ses bottes et partait sans jamais dire où il allait. Il ne revenait qu'au matin, sombre, fourbu, bourbeux, glacé. Elle lui ôtait son manteau noir, lavait ses pieds devant le feu et lui servait un bol de soupe. Il reprenait vie, peu à peu. Elle n'osait rien lui demander, mais elle aurait aimé savoir, non point par curiosité basse, simplement pour ne pas souffrir. Car il n'est de pire tourment que le doute, l'attente obscure, la peur de ce vide muet laissé par l'ami qui s'en va sans que l'on sache où le chercher si par malheur, l'aube venue, il n'apparaît pas à la porte.

Un soir pluvieux, elle le suivit. Il marcha longtemps sur la lande, puis elle le vit qui s'enfonçait au creux d'une vallée sauvage parmi les buissons sans chemins.

Là était un humble village apparemment abandonné. L'herbe grimpait le long des murs, les volets pendaient des fenêtres, de longs et lents lambeaux de brume traversaient les toits effondrés. Elle s'accroupit derrière un roc, risqua un œil écarquillé. Minuit tinta sous le ciel bas au-dessus de l'église en ruine. Alors elle vit soudain des morts sur le pavé de la ruelle, de vieux cadavres guenilleux laissés là, épars sous la pluie, comme par la troupe passante de quelque seigneur enragé. Elle vit son homme se pencher, empoigner deux corps par les pieds et les traîner au cimetière sous la muraille du clocher. L'un après l'autre il les enfouit, poussa dessus des dalles lourdes, s'en revint, courbé sous l'averse, ramasser d'autres trépassés. Derrière son roc ruisselant Maria Ruth gémit d'épouvante. Deux corbeaux vinrent tournoyer en croassant au-dessus d'elle. Elle s'enfuit parmi les ronciers. Elle perdit son écharpe rouge. Elle ne la vit pas s'envoler. Elle s'en revint à la maison.

Au matin, il poussa la porte. Le feu dans l'âtre flambait haut. Sur la table étaient disposés le bol et la boule de pain. Tout était comme à l'ordinaire. Il entra. Il tenait l'écharpe enroulée autour de son poing. Il la brandit devant sa face.

– Bonne femme, où l'as-tu perdue ?

Elle était à la cheminée, elle tisonnait sous le chaudron des éclats de bûches, des braises. Elle se dressa, se retourna, essuya ses mains à sa jupe et droit aux yeux lui répondit :

– Le vent me l'a prise à la source où je puisais l'eau de ton bain.

Et comme elle l'aidait à ôter son manteau alourdi de pluie, il gronda :

– Tu mens, bonne femme. Et si demain tu mens encore, il me faudra trancher ta gorge et jeter ton cœur aux oiseaux.

Au soir, dès qu'il s'en fut allé, elle fit son sac et prit la fuite. Elle erra deux nuits et trois jours. Elle arriva dans une plaine où flânait un fleuve opulent. Sur sa rive était un jardin, et dans ce jardin la demeure d'un gentilhomme campagnard. Elle vint lui louer ses services. Son maître était un vieux guerrier aux cicatrices vénérables. Son pas sonnait comme un tambour sur les parquets impressionnants. Il la traita avec respect. Elle était exacte, modeste, et savait éviter les mains qui parfois effleuraient ses hanches. Le fils de ce noble seigneur se prit pour elle de désir. Elle lui dit qu'elle n'était pas fille à froisser les lits qu'elle faisait. Sa réponse émut le jeune homme. Il lui offrit de l'épouser. Elle remercia le destin pour ses faveurs imprévisibles, elle changea de chambre et d'habit, fut ce que l'on voulait qu'elle soit. Après trois heureuses saisons, elle mit au monde un premier fils.

Au soir de son accouchement, comme les vieilles qui veillaient devant la porte de sa chambre piquaient du nez entre leurs seins et partaient en ronflements doux, une ombre vint à son chevet. Elle reconnut l'homme des morts et l'écharpe rouge à son poing.

– Bonne femme, où l'as-tu perdue ?

Elle s'assit contre l'oreiller. Elle lui répondit, raide et fière :

– Le vent me l'a prise à la source où je puisais l'eau de ton bain.

– Bonne femme, tu as menti. Si par malheur tu mens encore, j'enlèverai ton nouveau-né.

– J'ai dit ce que je devais dire. Quoi que tu fasses, bien ou mal, tu fus et tu seras toujours le meilleur homme de ma vie.

Il se détourna vivement, empoigna l'enfant et partit.

Au matin les vieilles s'en vinrent, la bouche bée, au petit lit où n'était plus le nouveau-né. Effarées, égarées, hurlantes, les mains cherchant partout le ciel, elles ameutèrent la maison. Le mari vint. Elles l'assaillirent, postillonnèrent leur effroi à son visage stupéfait.

– Votre fils, misère céleste ! Un démon nous l'a enlevé !

– Mon épouse, est-elle vivante ?

– Elle l'est, seigneur.

– À Dieu merci. Des enfants, nous en ferons d'autres. Laissons au diable celui-là !

Après un an vint un deuxième auprès du lit, dans le berceau. Au soir de sa venue au monde les matrones dans le couloir papotèrent jusqu'à minuit, puis bâillèrent, dodelinèrent et s'en furent rêver profond sur l'épaule de leur voisine. Alors vint l'ombre dans la chambre.

– Sois le bienvenu, dit la femme. Le Ciel a béni le chemin qui t'a conduit dans ma maison.

Il serra fort l'écharpe rouge enroulée autour de son poing.

– Bonne femme, où l'as-tu perdue ?

Le front haut elle lui répondit :

– Le vent me l'a prise à la source où je puisais l'eau de ton bain.

– Dis la vérité, malheureuse, sinon je prends ton nouveau fils !

Sa voix était rauque, souffrante. Il mit la main sur le petit. Elle dit :

– Prends-le, ne le prends pas, je ne serai jamais ton juge. Sache-le, homme de ma vie.

Il disparut. L'enfant aussi.

Quand les vieilles se réveillèrent, elles coururent droit au berceau. Elles s'ébahirent, elles s'exclamèrent, elles s'empoignèrent les bajoues, puis en tous sens s'éparpillèrent en criant que Dieu était fou. Dans la demeure de l'époux était une dame voisine poudrée de farine d'amour. Derrière lui elle trottina le long des corridors sonores.

– Votre femme est ensorcelée, lui dit-elle. Je le savais. Que ne m'avez-vous épousée au temps où vous étiez timide comme un chevreuil dans sa forêt ! J'aurais fait de vous un ministre, nous aurions des enfants parfaits !

Il s'en trouva tant irrité qu'il la poussa dans le jardin et s'en fut seul à son épouse. Il lui promit un fils nouveau.

Il naquit un matin d'été. Au soir les vieilles s'endormirent en se racontant leurs malheurs. L'homme apparut au pied du lit.

– J'attendais ta venue, dit-elle. Je pensais à tes vieux soucis.

Il leva le poing et l'écharpe.

– Bonne femme, où l'as-tu perdue ?

Elle n'était ni lasse ni triste. Elle dit :

– Ne me tourmente pas.

– Parle, je veux la vérité.

– Le vent me l'a prise à la source où je puisais l'eau de ton bain.

Il avait en poche un oiseau. Il le sortit, il l'égorgea, barbouilla de sang l'accouchée, saisit l'enfant et l'emporta.

Au matin, horreur des matrones.

– Elle a dévoré son petit ! Nous l'avons vue ! Oh, la mauvaise ! Oh, ses griffes ! Oh, son regard blanc ! Oh, sa bouche pleine de dents !

Et la jalouse fortunée, poudrant de rose ses joues pâles derrière l'époux éperdu :

– Une sorcière ! Enfin, passons. Je vous l'avais bien dit, que diable ! À l'avenir, vous m'entendrez quand je m'inquiéterai de vous. Finissons-en. Faites-la pendre. Allons, je vous tiendrai la main.

On mena en place publique l'innocente, les poings liés. On la hissa sous le gibet. Un homme vint parmi les gens qui braillaient autour de l'estrade. Il tenait une écharpe rouge. Il la brandit haut. Il cria :

– Bonne femme, où l'as-tu perdue ?

Elle répondit, la corde au cou :

– Le vent me l'a prise à la source où je puisais l'eau de ton bain !

Le manteau du maudit tomba. Il était voûté, il fut droit. Il semblait pauvre, on le vit roi. Il ouvrit ses bras à la foule.

Un sort le tenait prisonnier. Seule pouvait l'en délivrer celle qui tiendrait tête au diable jusqu'à la porte de la mort. Maria Ruth avait fait cela. Par quelle rage, quel amour ? On l'ignore, elle était ainsi, à ne jamais courber la tête. Ses enfants lui furent rendus. Ils parurent sur trois chevaux venus par la rue de l'Église dans les bras de trois écuyers. L'histoire dit qu'elle fut heureuse. Avec qui ? On l'a oublié. Peut-être seule avec un songe dans une maison de hasard, sur une lande mal famée. On ne sait rien du cœur des femmes. Parfois s'y cachent des secrets qui font taire même les contes, que même Dieu n'ose toucher.

# Le coffre

Jadis vécut en Albanie un homme austère et fortuné respecté des forts et des sages. Son nom était Nuridan Bey. Il aimait le ciel, le grand vent, le silence des chevauchées dans la sauvagerie des monts. C'était un seigneur solitaire.

Il avait une jeune épouse aux yeux verts, au corps émouvant, aux silences accordés aux siens. Il lui parlait parfois des loups qu'il rencontrait dans ses montagnes, ou des menus soucis du jour, tandis qu'elle brodait des oiseaux sur d'infinies tapisseries. Il ne lui avait jamais dit l'amour qu'il éprouvait pour elle. Sans doute était-il trop farouche, ou trop encombré de pudeur. Mais il l'estimait en secret comme la plus haute fortune qui se puisse avoir ici-bas.

Un jour il rentra de la chasse avant le coucher du soleil. Il pleuvait. Son vieux serviteur l'accueillit au seuil du portail. Tandis qu'il ôtait son manteau :

– En votre absence, lui dit-il, le voyageur est revenu.

Un inconnu avait fait halte au château de Nuridan Bey, une semaine avant ce jour. Il ne s'était guère attardé. Le maître, de retour des bois, ne l'avait pas trouvé chez lui.

– Où est-il ?
– Seigneur, je l'ignore. Votre épouse prétend qu'elle ne l'a pas reçu.
– Et toi, vieillard, que prétends-tu ? lui demanda Nuridan Bey, tout à coup saisi d'impatience.
Le serviteur suivit le grand homme botté dans la salle où brûlait déjà le feu des soirs de mauvais temps.
– Seigneur, je crains pour votre honneur. Votre épouse, notre maîtresse, est restée tout le jour dans ses appartements. J'y suis allé ranger le vieux coffre aux clous d'or que vous ont légué vos aïeux. Elle a interdit que j'y touche. Elle m'a poussé dans le couloir.
– Elle y garde ses broderies.
– Il pourrait s'y trouver un trésor plus pesant.
Nuridan Bey toisa le vieil homme et se tut. Il avait chaud soudain. Son sang battait ses tempes. Il s'en fut, le pas large et lent, à la chambre de son épouse.

Il la trouva pâlie. Elle l'accueillit debout contre le coffre clos. Sa robe était froissée. Ses yeux étaient splendides. Elle se tint devant lui comme un cyprès vivant. Il pensa : « Elle est brave, elle ne craint pas la mort. » Confusément, il fut fier d'elle. Il désigna le meuble aux longs flancs ciselés. Il lui dit :
– Voulez-vous l'ouvrir ?
– Pourquoi le ferais-je ? dit-elle. Le soupçon d'un valet suffit-il à ruiner votre confiance en moi ?
Elle le regarda droit, raidie de pied en cap. Son air de défi le troubla.
– Ouvrez-le. Il vous est facile de faire taire la rumeur.
– J'aurais honte pour moi. Plus encore pour vous.
Il dit, la main tendue :
– La clé.
– Renvoyez votre serviteur.

– Me la donnerez-vous ?

– Je vous la donnerai.

Elle ouvrit vivement le poing, le referma. Il aperçut l'objet de cuivre couché sur sa ligne de vie. Elle ne tremblait pas, elle jouait. Pourtant ses joues étaient livides et son regard cerné de gris. Il eut un soupir agacé. Il s'en fut à la porte, hurla au serviteur de quitter le château, puis il s'en revint dans la chambre. Sa femme lui tendit la clé, tourna vivement les talons et s'en fut à la grande salle broder ses oiseaux infinis.

Droit, le front haut, Nuridan Bey demeura seul devant le coffre. Il se tint là un long moment, puis il appela deux valets, désigna le meuble fermé.

– Emportez-le, dit-il, et creusez une fosse. Je ne veux pas savoir où vous l'enterrerez.

Il fourra la clé dans sa poche et fut s'asseoir devant le feu. Il ne parla pas à sa femme de ce qui venait d'être fait. Elle ne demanda rien non plus. Jusqu'au bout de leur vie commune rien ne fut dit sur ce jour-là.

# Le pain

Il était un jour un voleur au cœur de loup, brutal, rusé, intelligent, prompt à la course, bref un maître en truanderie qui souffrait d'un grave défaut, du moins pour les gens de sa sorte. Il était sans cesse attiré plus loin que le prochain magot, le prochain marchand détroussé ou la prochaine caravane prise à ses pièges carnassiers. Il cherchait autre chose. Quoi ? Il ne savait dire. Un miracle, un trésor peut-être, un graal, une lumière indiscutable, un impossible apaisement. Il en souffrait. Il ignorait d'où venait sa mélancolie, et donc il vivait avec elle comme avec ces amours pesants qui parfois embarrassent l'âme.

Un soir, en quête d'une proie, à pas légers il pénétra dans une maison sans défense. Elle était silencieuse, obscure, apparemment inhabitée. Coup d'œil aigu dans la pénombre. Meubles rares, volets mi-clos. Au milieu de la table, rien, sauf un pain à la croûte ronde. Et comme il lui venait devant, ce pain soudain lui dit :

– Mon frère, que cherches-tu exactement ?

Le voleur bondit en arrière, tourna partout ses yeux inquiets.

– Qui a parlé ? dit-il.

– C'est moi. Ne voulais-tu pas un miracle ?

– J'espérais, mais tu me surprends.

– Je vois clair dans ton âme triste. Tes voleries accumulées sont des provisions enviées mais assurément immangeables. Tu voudrais découvrir enfin quelque chose que rien n'abîme, savoir ce que sait la musique, aimer comme je sais aimer.

L'autre sourit, moqueur, amer.

– Aimes-tu ceux qui te dévorent ?

– Qui n'aime pas ne peut nourrir. Veux-tu mon pouvoir ?

– Certes oui. Ce qui m'enrichit m'intéresse.

– Sache que tu devras passer par le chemin qui fut le mien.

Le voleur s'assit, s'attabla, et dit au pain :

– Raconte-moi.

– Que l'oreille du cœur écoute ! Quoi que je dise, ne crains pas. Je fus d'abord, un jour d'automne, enfoui dans la terre des morts. J'ai pourri. J'ai dormi longtemps. Quelque chose en moi a germé. Je me suis senti renaissant. Alors m'est venu un désir, un élan, un rêve de ciel, une famine de lumière. Mais la nuit où je m'efforçais était si lourde, si glacée ! Tout me disait : « Quelle folie ! Comment un être aussi chétif pourrait-il trouer ces ténèbres ? Ne sont-elles pas infinies ? A-t-on la preuve qu'il fait jour, quelque part, dans cet univers ? » Cent fois j'ai voulu renoncer. Cent fois la rage m'a repris. Comment ai-je fait ? Je ne sais. Un matin, un brin d'herbe est né. C'était moi, vivant, ébloui, convaincu d'être parvenu au paradis des grains de blé. L'air bleu, le soleil, les oiseaux, la liberté, quelle merveille ! J'ai pensé : « Dieu me tend la main, Il m'a vu, Il m'accueille enfin ! » Je me suis encore élevé, je me suis offert aux averses, aux nuées, aux souffles des vents. J'ai connu cette fierté d'être qui fait croire à l'éternité. Vinrent les premiers jours d'été, l'armée ferrée des moissonneurs, l'inutilité des prières et l'apocalypse des faux. Je fus lié, battu, broyé, réduit en poudre sous la meule, noyé, pétri, jeté au four, enfin tiré par mon bourreau hors des braises de cet enfer. C'est ainsi et pas autrement que je me suis fait nourrissant. J'ai ce pouvoir incomparable de donner ma force aux vivants. Le veux-tu, dis, voleur de riens ?

– Non, garde-le, répondit l'homme. Je préfère cent fois rester avec mes questions sans réponses et mes effrois d'enfant perdu. Aimer est trop rude. Salut.

# Joseph et Zuleyka

Abraham, Isaac, puis Jacob et Rachel, telle fut la lignée qui engendra Joseph. De la sœur de Rachel, Léa, son autre épouse, Jacob eut six garçons. De la servante de Rachel, Bilhah, il en eut deux. De la servante de Léa, Zilpah, deux fils encore, et de Rachel enfin, sa seule bien-aimée, naquit, outre Joseph, Benjamin, dernier-né. Ainsi vinrent au monde les douze patriarches des tribus d'Israël.

Joseph était l'enfant préféré de Jacob. On disait qu'il lui ressemblait, tant d'apparence que de cœur. Il était beau. À dix-sept ans, son allure était ample et droite, son manteau accordé au vent et son regard orné de khôl étaient d'un prince du désert. Ses frères détestaient sa hauteur de figure et sa conviction affirmée que Dieu était son ami proche et qu'Il le tenait par la main sur le chemin des bergeries. Ils se plaisaient à le railler, à l'oublier sur les montagnes, à jeter des pierres à ses bêtes pour les chasser des buissons verts. Ainsi passa le temps d'enfance jusqu'au jour où leur malveillance se changea en haine enragée.

C'était sur le mont Éphraïm. Tandis que paissaient leurs troupeaux et qu'ils déjeunaient de pain dur, assis à l'ombre d'un rocher :

– J'ai fait un rêve, dit Joseph. Nous étions dans un champ de blé. Chacun avait lié sa gerbe. Nous les avons posées en cercle sous le vent. Devant la mienne restée droite les vôtres se sont inclinées. Ce fut ainsi. Cela sera.

– Tes paroles signifient-elles que tu prétends régner sur nous ? ricana l'aîné de Léa.

Tous lui crachèrent entre les pieds.

Joseph s'en revint chez son père. Ses frères s'attardèrent tant, de beuveries de campements en lits d'accueillantes putains, que Jacob, inquiet pour leur vie, envoya son fils les chercher. Il les trouva près de Dothan, où ils avaient dressé leurs tentes. Ils le virent venir de loin sur le sable roux du désert.

– Voici le rêveur, dirent-ils, le bâtard aux yeux maquillés qui veut nous passer le licou et nous faire courber le dos devant sa robe à manches longues !

– J'aimerais le voir mort de soif.

– Qu'il tombe au prochain pas, qu'il tombe !

– Tuons-le.

– Nous serions maudits. Verser le sang porte malheur.

– Au bord du chemin de Sichem est un vieux puits où n'est plus d'eau. Il grouille de scorpions, de vipères, de rats. Jetons-le dedans et partons.

Un bref instant ils s'observèrent. L'aîné se dressa le premier. Tous s'assemblèrent à ses côtés. Épaule contre épaule ils vinrent vers Joseph.

Ils lui arrachèrent l'habit que Jacob lui avait offert. Ils empoignèrent ses cheveux. Coups, insultes, crachats, poussière, halètements, cris effarés, prières mortes avant les lèvres, le désert vit tout et se tut. Il fut traîné, tiré, poussé, précipité au fond du trou. Des pas s'éloignèrent, là-haut. Les enragés, les dents serrées, retournèrent au campement. Il faisait un temps magnifique. Le ciel pourtant leur parut gris comme un crépuscule d'hiver. La nuit leur débordait du cœur. Le regard bas, chacun pensait: «Que dire à Jacob, notre père?» Au soir l'un d'eux courut au puits, une corde enroulée au poing. Il appela. Pas de réponse. Il s'en revint.

– Joseph est mort.

Chacun se tut, la tête basse, puis:

– Égorgeons une brebis, dit l'aîné des fils de Léa. Tachons de sang ce vêtement que nous lui avons arraché. Nous le porterons à Jacob. Nous lui dirons que son Joseph s'est fait dévorer par un loup.

Tous approuvèrent. Au soir venu, une bête fut égorgée. À l'aube ils levèrent le camp.

Au seuil de la tente du père ils frottèrent leurs joues d'oignons pour que leur viennent aux yeux des larmes, puis s'avancèrent, gémissants, lui tendirent l'habit sanglant. Le chagrin de Jacob fut tel qu'il en déchira sa tunique. Il hurla sur les fronts penchés:

– Messagers de malheur, je veux avant la nuit voir un loup devant moi. Je veux qu'il soit vivant, que ma voix le maudisse, que mes dents le déchirent et que mes vieilles mains lui arrachent les os!

Et sortant au soleil, les bras offerts au ciel:

– Ô Seigneur justicier en qui est tout pouvoir, faites que l'animal qui me sera livré soit le véritable assassin de Joseph, le sang de mon sang et la lumière de mes yeux!

Un loup fut capturé, traîné devant Jacob, maintenu

palpitant sous dix poings et dix bottes, insulté, souillé de crachats. À l'instant où le père empoignait son échine, la bête dit :

– Dieu m'est témoin, la chair d'homme m'est inconnue. Mon louveteau s'est égaré. Je le cherchais, je l'appelais quand tes garçons m'ont empoigné. Nous souffrons la même terreur d'avoir perdu un bien-aimé. Si le Seigneur des vérités veut que je parle ton langage, ô Jacob, est-ce pour mentir ? Ton fils n'est pas mort sous mes crocs !

Joseph n'avait guère croupi, dans les ténèbres de son puits, parmi les serpents somnolents et les scorpions aux courses vives. Il avait rugi et bramé, suppliant qu'on lui vienne en aide, et son effroi mêlé d'espoir avait si haut porté ses cris que des marchands caravaniers, assis pour un instant de halte à l'ombre du mont Éphraïm, avaient entendu ses appels. Ces hommes bientôt accourus l'avaient ramené à l'air bleu, puis ils s'étaient émerveillés à contempler ce beau vivant que la fortune du chemin offrait à leurs avidités. Ils tâtèrent ses flancs, ses joues, ses muscles, ses épaules larges, ils lissèrent sa chevelure, le vêtirent d'un sac troué et le lièrent sur un âne, décidés à le vendre cher au prochain marché aux esclaves.

Il fut conduit au bord du Nil où étaient des villes heureuses aux temples triomphants, aux foules nonchalantes, aux puissantes senteurs d'épices et de bétail. Dans la cité de Pharaon on le mena sur une place encombrée d'étals débordants. On le hissa sur une estrade. Elle se trouva bientôt cernée par mille bouches ébahies, mille mains croisées sous les barbes, mille plaintes extasiées, tant la beauté de ce jeune homme bouleversait le cœur des gens. Ceux qui l'avaient mené captif refusèrent de le céder moins de dix fois son poids de musc. Parmi la foule des curieux était une vieille encombrée de quelques pelotes de laine. Elle cria aux marchands :

– J'achète ! Posséder ce Chananéen est le rêve de tout vivant. Je donne, pour payer son prix, ces dix boulettes de bon fil. Prenez-les donc, elles sont à vous !

Les autres, surpris, s'esclaffèrent.

– Hé, voyez cette vieille peau qui aimerait pendre à son cou la perle des perles d'Orient ! Il en est dans cette assemblée qui en offriraient cent chamelles ! Allons, remballe tes pelotes, tu nous fais perdre notre temps !

– Je sais bien, répondit la vieille, ce jeune homme est trop cher pour moi. Mais il me suffit que l'on dise : « Cette femme-là fut de ceux qui l'ont ardemment désiré ! »

Les pauvres s'écrièrent :

– Notre cœur a parlé !

Les fortunés se bousculèrent, leurs sacs d'or dans les poings levés.

Ce fut l'eunuque Putiphar qui surenchérit le dernier. À lui revint l'honneur ruineux mais éclatant de ramener Joseph dans son palais de marbre et de bois du Liban. Il était chef des provisions aux cuisines de Pharaon. Il était aussi fin d'esprit que de corps ample et bedonnant. Il eut bientôt jugé son magnifique esclave.

– Ton âme est de haute volée, lui dit-il dès qu'ils furent seuls. J'offre rarement mon estime. Sois mon ami. Voici ma main avec les clés de ma maison. Je fais de toi mon intendant.

– Que Dieu te protège des autres ! Moi, je ne te trahirai pas, répondit le fils de Jacob.

Il s'inclina sans autre mot et s'en fut à la bibliothèque ouverte sur les eaux du Nil.

Or, comme il consultait les papyrus comptables dans la lumière du matin, une ombre s'arrêta sur ses feuillets épars. Une femme était là debout entre le fleuve et son ouvrage, pétrifiée par la stupeur, le regard ardent et captif du visage qu'elle contemplait.

– Seigneur, dit-elle, qui es-tu ?

Sa voix tremblait. Il répondit :

– Joseph, fils de Jacob, esclave.

– Mon nom est Zuleyka, épouse de l'eunuque.

– Mon maître est un homme de bien.

– Putiphar, un homme ? dit-elle.

Elle rit à peine, eut un sanglot.

– Pardonne-moi, dit-elle encore, mon esprit est comme une cage où se débat un oiseau fou.

Joseph se dressa, se raidit. Il la dépassait d'une tête.

– Je suis esclave, lui dit-il. Je n'ai pas à te pardonner.

Un bref instant ils s'affrontèrent. Il vit flamboyer son regard, puis elle eut un pauvre sourire et d'un souffle lui répondit :

– Tu es beau comme le bonheur qui ne me fut jamais donné.

Elle se détourna et s'en fut. Qu'importe où ses pas la menèrent. Le monde venait de s'éteindre. Elle était aveuglée d'amour.

De ce jour elle se vit partout dans ce bouleversant pays inconnu des cartes terrestres où des portes ensoleillées s'ouvrent sur des chemins obscurs, où les prières que l'on fait sont comme des éclairs d'orage, où l'on grelotte au bord des flammes, où l'espoir chevauche l'effroi, où la souffrance et le désir roulent, mêlés, inextricables, dans le lit d'un même torrent. Ses rêves, ses pensées, les élans de son cœur, les appels de son ventre, tout en elle ne fut que pour Joseph, esclave et seigneur de ses jours. Elle voulut le voir dans sa chambre. Elle le fit appeler. Il vint. Il ignora ses frôlements, ses demi-mots, ses mains fébriles. Il se tint comme un serviteur impassible et respectueux. Il n'avait d'amour que de Dieu et Putiphar était son maître. Il ne voulait pas le tromper. Il le lui dit, et s'en alla.

« Joseph ne me désire pas », se dit-elle, et son cœur tomba. Elle en perdit le goût de vivre. Elle dépérit, se fit distraite au point d'oublier de manger. Ses joues pâlirent, se creusèrent. Ses yeux se firent si brûlants qu'ils en noircirent ses paupières. Ses servantes s'en inquiétèrent. Un jour, comme elles pelaient des pommes sous les feuillages du jardin :

– Voulez-vous savoir, leur dit-elle, pour qui je vis, par qui je meurs ?

Elle ordonna que Joseph vienne. Il parut au seuil du palais, à l'ombre d'un vieil olivier. Les servantes le regardèrent. Sa beauté les émut si fort qu'elles oublièrent leur ouvrage. On entendit des cris pointus. Les mains s'en étaient allées seules avec les fruits et les couteaux. Ils avaient entaillé leurs doigts.

– Mes filles, leur dit Zuleyka, à peine avez-vous vu cet homme et le sang vous sort de la peau. Pensez donc à ce que j'endure, moi qui ne vois partout que lui !

Les servantes, émoustillées, s'affairèrent fiévreusement à son sauvetage amoureux.

– Ce n'est qu'un homme, dirent-elles. Comment

pourrait-il résister à la courbe de cette épaule, à cette nuque parfumée, à ces hanches, à ces jambes longues ? Demain matin, va donc à lui, laisse voir tes seins à demi, et tes cuisses, qu'il les devine tandis que tu t'approcheras. Tu le verras suer, haleter de désir, trembler de la bouche, des mains, tomber enfin à tes sandales, ô maîtresse, et baiser tes pieds ! Va, tu nous reviendras aimée !

Les joues de Zuleyka rougirent. Son œil à nouveau s'éclaira.

Le lendemain de ce jour-là Putiphar s'en fut de bonne heure avec les hommes de sa garde, et les servantes, à pas menus, s'en furent derrière les portes guetter les longs couloirs déserts. Joseph était à ses registres dans la bibliothèque fermée. Zuleyka, les tempes battantes, entra sans bruit dans la pénombre baignée de paisibles parfums. Il demeura penché sur sa table de scribe. Elle vint à lui, s'agenouilla.

– Homme, dit-elle, je me rends. Accepte-moi pour ton esclave, car c'est ainsi que je me sens. Vois ce que l'amour fait de moi. Une mendiante. Aie pitié d'elle.

– Relève-toi, femme. Va-t'en.

Elle répondit, d'un souffle vif :

– Ne crains pas l'eunuque, il est loin.

Elle prit ses mains. Il résista. Elle gémit, elle les attira sur sa tunique entrebâillée. Il la repoussa rudement. Il lui dit :

– Je suis à Dieu seul. Je ne désire pas ton corps et ton cœur m'est indifférent. Honte sur toi qui t'humilies devant un captif mis à prix comme une bête à l'étalage !

Elle agrippa ses vêtements.

– Pharaon te délivrera. Veux-tu de l'or, des serviteurs, un palais, l'amitié des princes ?

Il se défit de son étreinte, le front haut et la bouche arquée, comme il l'aurait fait d'un roncier. Elle recula, elle se courba comme un fauve au bord du combat.

– Homme, dit-elle, méfie-toi, je peux haïr autant que j'aime.

– Je le sais. Tu ne m'effraies pas.

Elle partit d'un rire grinçant, puis soudain se griffa les seins, empoigna sa robe à l'épaule, la déchira de haut en bas, arracha son triple collier, ébouriffa sa chevelure et s'en fut les mains en avant, hurlant au fou, au diable, à l'aide.

Elle accusa Joseph, fils de Jacob, esclave, d'avoir tenté de la violer. Il voulut protester. On ne l'entendit pas. Il fut jugé coupable et jeté en prison, dans un souterrain du palais, en compagnie de rats galeux et d'un serviteur en disgrâce. Zuleyka vint l'y voir, amaigrie, effrayante à force de feu noir dans ses yeux sans sommeil.

– Aime-moi et tu seras libre, aussi riche d'or que d'amour. Vois-tu ce poing ? Il tient ta vie. Si je serre, tes os se brisent. Ordonne-moi d'ouvrir la main. Parle, je souffre mille enfers. Nous fuirons ensemble au désert.

Joseph s'en fut au soupirail et regarda le ciel lointain. Elle serra les poings. Elle gémit. Elle se tourna vers un esclave, lui désigna le prisonnier.

– Bastonne-le fort, lui dit-elle. Je veux l'entendre hurler du fond de mon jardin.

L'homme empoigna Joseph au col. Il l'amena sous le soleil tombé de l'étroite lucarne. Il vit ses yeux si lumineux qu'il en resta la bouche bée. Il ne put abattre sa trique. Il devait pourtant obéir, ou pour le moins faire semblant. Une peau de bête était là, dans un coin sombre du cachot. Il la fouetta. Joseph hurla. Zuleyka, du jardin, cria :

– Frappe plus fort, frappe, canaille, frappe donc, tu manques de nerf !

L'esclave repoussa la peau tant battue qu'elle était en loques, essuya son crâne en sueur. Il soupira :

– Quand Zuleyka reviendra te tâter l'échine, elle te verra sans plaie ni sang. Sa colère sera terrible, et c'est moi qui serai puni. Allons, découvre tes épaules, serre les dents, ferme ton cœur. Il faut vraiment que je te cogne. Pardonne-moi, tu vas souffrir.

Joseph ôta donc sa chemise, et ses cris emplirent le ciel. Les coups sur son dos redoublèrent. Il tomba. Son front rebondit contre le sol humide et noir.

– Assez, soupira Zuleyka, aie pitié ! Son cri, tout à l'heure, n'était qu'un bruit inhabité. Celui-là, je le reconnais, il me sort sans cesse de l'âme. Il est d'une souffrance vraie !

Le Tout-Puissant veillait sur le fils de Jacob. Le serviteur de Pharaon qui partageait son pain moisi sortit un jour de son sommeil avec un rêve dans la bouche.

– Cette nuit, dit-il à Joseph, m'est apparu un cep de vigne. Trois branches lui sortaient du tronc. J'ai vu ses bourgeons apparaître, ses fleurs s'ouvrir, ses fruits mûrir. Dans ma main droite était la coupe de mon bien-aimé Pharaon. J'y pressais le jus d'une grappe, la lui tendais. Il la buvait. Il était content. Moi aussi.

– Ami, chance pour toi, lui répondit Joseph. Dans trois jours Pharaon pardonnera ta faute. Tu pourras à nouveau le servir sans souci. Quand cela sera, je t'en prie, dis-lui le malheur que j'endure. Je ne suis coupable de rien, sauf d'aimer Dieu plus que ma vie.

Au troisième matin le rêveur retrouva le palais de son maître.

Or, il advint que Pharaon fit lui aussi un rêve simple, mais assez lourd pour le troubler. Ses devins, sommés de traduire le langage obscur de la nuit, en restèrent le front fripé et les yeux perdus au plafond. « Joseph », pensa le serviteur. (À peine sorti de prison il avait oublié ce frère qu'il avait promis de servir.) À son maître inquiet il conta la prouesse divinatoire de son compagnon de cachot. Pharaon le fit appeler.

– J'ai rêvé que sortaient du Nil sept vaches grasses, lui dit-il, puis vinrent sept autres, affamées, beuglantes, maigres, enragées. Elles ont dévoré les premières, de la queue au bout du museau, avec une férocité si brute que j'ai gémi dans mon sommeil et que je me suis réveillé. J'ai tardé à me rendormir. J'ai fait alors un second rêve. J'ai vu sept gros épis de blé sur une seule et haute tige, puis une autre à peu près semblable, sauf que les épis étaient secs.

– Seigneur, lui répondit Joseph, par ces songes Dieu vous prévient qu'après sept ans de vaches grasses viendront sept autres sans bétail. Craignez aussi les greniers vides. Les champs de blé, sept ans durant, n'offriront que peu de moissons. Nommez sur l'heure un vice-roi. Chargez-le de faire aux beaux jours les économies nécessaires afin que le peuple franchisse sans trop de maux les mauvais temps.

– Homme, dit Pharaon, l'Invisible t'inspire. Le vice-roi qu'il faut au royaume, c'est toi.

Il lui offrit l'anneau orné du sceau royal avec le collier d'or et la robe de lin des gouverneurs d'Égypte. Joseph, fils de Jacob, découvrit la puissance. Il fit ce qu'il devait pour le salut des gens.

Un jour, au bord du Nil, comme il chevauchait seul, il vit sous un palmier une femme en haillons qui demandait l'aumône. Elle était décharnée, voûtée comme une vieille, mais dans ses yeux brûlait le feu d'une folie impatiente, éperdue.

– Zuleyka, dit Joseph.

Près d'elle était un ange. Elle ne le voyait pas. Joseph, l'aimé de Dieu, reconnut Gabriel.

– Que fais-tu là, seigneur? demanda l'homme à l'Être.

Gabriel répondit:

– Vois, j'apaise son âme. Elle n'est rien qu'amour nu. Elle a donné pour toi le trésor de sa vie. Elle a souffert, haï, aimé, brûlé jusqu'à tomber en cendres. Elle connaît le secret de Dieu. Va, Joseph, je reste avec elle. Elle est ma sœur, ma bonne amie.

Joseph s'en fut, le front penché, et Zuleyka sous son palmier reprit sa prière mendiante un bref instant interrompue par ce cavalier de haut vol qu'elle avait à peine aperçu. Tandis qu'il poursuivait sa route, elle n'eut pas un regard vers lui. Elle ne l'avait pas reconnu.

# Zahra

Autrefois fut en Arabie un roi nommé Shams le Paisible. Il était père d'une fille au rire simple et bienfaisant comme la source de la vie, au regard sans cesse espérant, au nom aimé du vent : Zahra. Shams, au matin de chaque jour, baisait son front en chantonnant (c'était sa prière de l'aube) :

– Trois bontés chassent les chagrins : le vin, mes rosiers, et Zahra, que Dieu la garde de tout mal !

Et tous rendaient les mêmes grâces, autour de lui, en chœur joyeux.

Elle était belle, certes, elle était sage aussi. Auprès des savants au front haut que son père Shams fréquentait, elle avait goûté la saveur de cette sorte de savoir qui enivre parfois et parfois fait pleurer de désir trop poignant. Elle avait appris à distinguer le mot de la parole, le temps de la durée, l'énigme du mystère, les beautés nourricières des subtilités vaines. Enfin sans le secours de ceux qui savaient tout, même l'art de se taire, elle avait appris à écouter, la nuit, le tambour de son cœur, la rumeur de son corps, le chant fragile de son âme.

Vint le matin mélancolique (le ciel pourtant était serein) où son père lui prit les mains au bord du lit de son enfance, chassa d'un coup d'œil la nourrice qui venait d'ouvrir les volets et lui dit :

– Zahra mon aimée, ce soleil sur la courtepointe est le dernier des jours naïfs. Voici pour toi le temps venu d'épouser un prince héritier. Je l'ai choisi. Il est puissant. Qu'il te donne vingt fils et du bonheur à vivre !

Zahra sentit son sang lui échauffer les joues. Un instant elle baissa le front. Lui revinrent soudain ces mots entendus d'un libraire aveugle qui savait voir les yeux fermés : « Sois la sultane de ta vie. Que l'amour seul soit ton palais, ton royaume, ta palmeraie, ton désert et ton océan. » Elle sourit au regard inquiet qui épiait sur son visage le moindre signe de souci. Elle répondit :

– Hélas, mon père, l'homme que j'aime est loin d'ici, si loin que je ne sais pas où. Pourtant il me viendra un jour, mais j'ignore en quelle saison. Voilà passé le temps d'enfance, j'en ai béni chaque journée. Maintenant, laissez-moi aller. Je dois construire la maison où j'attendrai le bien-aimé sans lequel ma vie n'est que sable.

Elle se vêtit et s'en alla. Shams souffrit ce qu'un père souffre quand son cœur se défait au vent.

Jusqu'au soir elle marcha par les chemins de sable. Au crépuscule elle s'arrêta. Elle contempla les horizons. Elle se vit au centre du monde. Elle s'y bâtit une maison, franchit le seuil et s'enferma.

Aussitôt la rumeur envahit la cité :

– Savez-vous, bonnes gens ? La princesse Zahra s'est enfuie au désert. Elle attend que l'amour lui vienne, enfermée dans une cabane aux murs de cailloux et de bois !

Qui ne connaissait pas Zahra, fille de Shams ? Qui ne la savait pas plus belle et désirable que les reines du paradis ? Ils accoururent tous, princes, marchands, mendiants, voleurs et philosophes, chacun poussant son ange et traînant son démon.

Au premier qui frappa à sa porte fermée :

– Qui vient là ? demanda Zahra.

Le cœur serré dans sa chemise l'homme lui répondit :

– C'est moi.

Alors il entendit Zahra lui murmurer, à l'abri de la porte close :

– Ensemble dans cette maison toi et moi ne pouvons pas vivre. Il n'est pas de place pour deux. Dis-moi ton nom, homme, et va-t'en.

Il obéit. Le nom fut dit et la recluse le broda sur son manteau de laine bleue.

Le lendemain un autre vint. Lui aussi frappa à la porte.

– Qui vient là ? demanda Zahra.

Comme son frère de la veille il lança fièrement :

– C'est moi.

Comme son frère de la veille il entendit ces mêmes mots :

– Ensemble dans cette maison toi et moi ne pouvons pas vivre. Il n'est pas de place pour deux. Dis-moi ton nom, homme, et va-t'en.

Et tandis qu'il s'en retournait, son nom fut lui aussi brodé sur le manteau de laine bleue.

Ils vinrent cent, ils vinrent mille, ils vinrent dix et vingt années. Chacun, à la question posée, répondit à la porte close: « C'est moi, Hassan », « C'est moi, Ali », « C'est moi » tel guerrier, tel derviche, tel coureur de sable ou de vent. Cent et cent noms furent brodés sur le manteau de laine bleue, et les jours et les nuits passèrent, et les printemps, et les hivers, jusqu'au jour où fit halte au seuil de la maison un errant aux pieds nus.

Il s'appelait Moktar. En langue d'Occident son nom était « l'Élu ». Il n'avait dans ses mains que ses lignes de vie, mais dans ses yeux brillaient tous les trésors du monde. Il ne frappa qu'un coup à la porte fermée.

– Qui vient là ? dit Zahra.

Moktar, droit sur le seuil, demeura silencieux. On entendit le vent caresser le désert. Une deuxième fois :

– Qui vient là ? dit Zahra.

Sa voix n'était qu'un souffle, un murmure de sable. Moktar ne lui répondit pas, mais Zahra le sentit sourire. De l'autre côté de la porte elle sourit aussi, se pencha, approcha sa bouche tremblante d'une fente dans le bois brut. Elle dit encore :

– Qui vient là ?

Alors Moktar, l'Élu, dans la brise du seuil approcha lui aussi la bouche de cette fente dans le bois.

– C'est toi-même, dit-il.

Et la porte s'ouvrit.

Il entra, s'avança. Et que vit-il dans la pénombre ? Zahra vieillie, ridée, courbée dans son manteau de laine bleue où tant d'éphémères passants avaient laissé leur trace inscrite. Moktar vit-il ses yeux fanés, ses cheveux neigeux, sa fatigue ? Un fil au bout d'un nom brodé sur l'épaule prit son regard. Il le tira, défit le nom, et par la porte ensoleillée il lança ce fil à la brise, et le fil à peine dehors se fit oiseau et s'envola.

Il en tira un autre encore. Un nom encore se défit, un oiseau encore s'en fut. Un long, un court et un cinquième, et celui d'un guerrier persan, et celui d'un caravanier, et miracle, avec chaque nom effacé sur le manteau bleu, avec chaque fil envolé, chaque cri d'oiseau délivré, une ride disparaissait sur le visage de Zahra, son teint retrouvait son éclat et ses yeux leur lumière vive. Quand ne fut plus un nom brodé, quand le soleil eut disparu derrière la nuée d'oiseaux qui avaient envahi le ciel, Zahra était à nouveau jeune et belle, plus ardente encore et rieuse qu'au premier printemps de sa vie.

Alors les deux qui n'étaient qu'un s'en furent droit dans le désert. Nul ici-bas ne les revit. Ils ne laissèrent dans le sable aucune empreinte de leurs pas.

# Sources

ATTAR, Farid al-Din, *Le Livre de l'épreuve*, Fayard, 1981.
–, *Le Livre divin*, Albin Michel, 1990.
–, *La Conférence des oiseaux*, Le Seuil, 2002.
BARTHÉLEMY, Mimi, *La Voulvari*, La Rose des vents.
BLADÉ, Jean-François, *Contes populaires de Guyenne et de Gascogne*, Tchou.
BONJEAN, François, *Contes de Lalla Touria*, Edicef, 1988.
BUBER, Martin, *L'Homme au raifort*, L'École des loisirs, 1998.
*Cahiers de littérature orale*, n°34.
CHEBEL, Malek, *Encyclopédie de l'amour en Islam*, Payot, 2003.
*Contes de la dynastie des Tang*, Éditions en langues étrangères, 1980.
DERMENGHEM, Émile, *Les Plus Beaux Textes arabes*, La Colombe, 1951.
ERDOES, Richard, et ORTIZ, Alfonso, *L'Oiseau-Tonnerre et autres histoires*, Albin Michel, 1995.
GRAVES, Robert, et PATAI, Raphaël, *Les Mythes hébreux*, Fayard, 1987.
HAMADI, *Les Amants*, La Rose des vents, 1993.
HYDE, Douglas, *Contes gaéliques*, Le Rocher, 1996.
JAGO-ANTOINE, Véronique, et TSHITUNGU-KONGOLO, Antoine (éd.), *Les Dits de la nuit*, Labor, 1994.

*Le Livre des derviches bektashi*, trad. du turc et préface de Kudsi Erguner, Le Bois d'Orion, 1997.
*Les Mille et Une Nuits*, trad. de l'arabe par Antoine Galland, Gallimard, 1979.
LÊ VAN PHAT, *Contes et Légendes du pays d'Annam*, Saigon, Imprimerie de l'Union Nguyen Van Cua.
LUDA, *Les Jardins de la fille-roi*, Hatier, 1987.
MIQUEL, André, *Majnun et Layla, l'amour fou*, Sindbad, 1984.
MIROVSKA, Inna, *Légendes juives*, Gründ, 1999.
POU SONG LING, *Histoires et Légendes de la Chine mystérieuse*, éd. Claude Roy, Tchou, 1969.
QUENTRIC-SÉGUY, Martine, *Au bord du Gange*, Le Seuil, 1998.
REIS, Vladimir, *Contes des cinq continents*, Gründ, 1988.
RÛMI, *Le Livre du dedans*, Sindbad, 1989.
–, *La Quête de l'absolu*, Le Rocher, 1990.
SA'DI, *Le Jardin des roses*, Albin Michel, 1991.
SHAH, Idries, *Chercheur de vérité*, Albin Michel, 1992.
–, *Contes soufis*, Le Courrier du livre, 2002.
SIMOND, Charles, *Les Contes d'Orient et d'Occident*, Société française d'imprimerie et de librairie.
SINGH, Huzur Sawan, *Contes et Récits de l'Orient mystique*, Le Courrier du livre, 1987.
SLIPKA, J., et PÉZARD, F., *Contes et Légendes de Bohême*, Nathan, 1963.
UEDA, Akinari, *Contes de pluie et de lune*, Gallimard, 1990.

# Table

DU MÊME AUTEUR

Démons et merveilles de la science-fiction
*essai*
*Julliard, 1974*

Départements et territoires d'outre-mort
*nouvelles*
*Julliard, 1977*
*et « Points » n° 732*

Souvenirs invivables
*poèmes*
*Ipomée, 1977*

Le Grand Partir
*roman*
*Grand Prix de l'humour noir*
*Seuil, 1978*
*et « Points » n° 525*

L'Arbre à soleils.
Légendes du monde entier
*Seuil, 1979*
*et « Points » n° 304*

Le Trouveur de feu
*roman*
*Seuil, 1980*
*et « Points Roman » n° R695*

Bélibaste
*roman*
*Seuil, 1982*
*et « Points » n° 306*

L'Inquisiteur
*roman*
*Seuil, 1984*
*et « Points » n° 66*

Le Fils de l'ogre
*roman*
*Seuil, 1986*
*et « Points » n° 385*

L'Arbre aux trésors.
Légendes du monde entier

*Seuil, 1987*
*et « Points » n° 361*

L'Homme à la vie inexplicable

*roman*
*Seuil, 1989*
*et « Points » n° 305*

La Chanson de la croisade albigeoise

*(traduction)*
*Le Livre de poche, « Lettres Gothiques », 1989*

L'Expédition

*roman*
*Seuil, 1991*
*et « Points » n° 524*

L'Arbre d'amour et de sagesse.
Contes du monde entier

*Seuil, 1992,*
*et « Points » n° 360*

Vivre le pays cathare
(avec Gérard Siöen)

*Mengès, 1992*

La Bible du hibou.
Légendes, peurs bleues, fables et fantaisies
du temps où les hivers étaient rudes

*Seuil, 1994*
*et « Points » n° 78*

Les Septs Plumes de l'aigle

*récit*
*Seuil, 1995*
*et « Points » n° 1032*

Le Livre des amours.
Contes de l'envie d'elle et du désir de lui

*Seuil, 1996*
*et « Points » n° 584*

Les Dits de Maître Shonglang
*Seuil, 1997*

Paroles de Chamans
*Albin Michel, « Carnets de sagesse », 1997*

Paramour
*récit*
*Seuil, 1998*
*et « Points » n° 760*

Contes d'Afrique
*illustrations de Marc Daniau*
*Seuil, 1999*

Contes du Pacifique
*illustrations de Laura Rosano*
*Seuil, 2000*

Le Rire de l'Ange
*Seuil, 2000*
*et « Points » n° 1073*

Contes d'Asie
*illustrations d'Olivier Besson*
*Seuil, 2001*

Le Murmure des contes
*Desclée de Brouwer, 2002*

La Reine des serpents
et autres contes du ciel et de la terre
*« Points Virgule » n° 57*

Contes d'Europe
*illustrations de Marc Daniau*
*Seuil, 2002*

Contes et recettes du monde
*(avec Guy Martin)*
*Seuil, 2003*

Contentes d'Amérique
*illustrations de Blutch*
*Seuil, 2004*

Contes des sages soufis
*Seuil, 2004*

Le Voyage d'Anna
*roman*
*Seuil, 2005*
*et « Points Les Grands Romans » n° 1459*

L'Almanach
*Éditions du Panama, 2006*

COMPOSITION : PAO EDITIONS DU SEUIL

GROUPE CPI

*Achevé d'imprimer en janvier 2007*
*par* **BUSSIÈRE**
*à Saint-Amand-Montrond (Cher)*
N° d'édition : 91408. - N° d'impression : 62441.
Dépôt légal : janvier 2007.
*Imprimé en France*

# Collection Points

DERNIERS TITRES PARUS

P860. Le Quintette de Buenos Aires
*Manuel Vázquez Montalbán*
P861. Y'en a marre des blondes, *Lauren Anderson*
P862. Descente d'organes, *Brigitte Aubert*
P863. Autoportrait d'une psychanalyste, *Françoise Dolto*
P864. Théorie quantitative de la démence, *Will Self*
P865. Cabinet d'amateur, *Georges Perec*
P866. Confessions d'un enfant gâté, *Jacques-Pierre Amette*
P867. Génis ou le Bambou parapluie, *Denis Guedj*
P868. Le Seul Amant, *Eric Deschodt, Jean-Claude Lattès*
P869. Un début d'explication, *Jean-Marc Roberts*
P870. Petites Infamies, *Carmen Posadas*
P871. Les Masques du héros, *Juan Manuel de Prada*
P872. Mal'aria, *Eraldo Baldini*
P873. Leçons américaines, *Italo Calvino*
P874. L'Opéra de Vigata, *Andrea Camilleri*
P875. La Mort des neiges, *Brigitte Aubert*
P876. La lune était noire, *Michael Connelly*
P877. La Cinquième Femme, *Henning Mankell*
P878. Le Parc, *Philippe Sollers*
P879. Paradis, *Philippe Sollers*
P880. Psychanalyse six heures et quart
*Gérard Miller, Dominique Miller*
P881. La Décennie Mitterrand 4
*Pierre Favier, Michel Martin-Roland*
P882. Trois Petites Mortes, *Jean-Paul Nozière*
P883. Le Numéro 10, *Joseph Bialot*
P884. La seule certitude que j'ai, c'est d'être dans le doute
*Pierre Desproges*
P885. Les Savants de Bonaparte, *Robert Solé*
P886. Un oiseau blanc dans le blizzard, *Laura Kasischke*
P887. La Filière émeraude, *Michael Collins*
P888. Le Bogart de la cambriole, *Lawrence Block*
P889. Le Diable en personne, *Robert Lalonde*
P890. Les Bons Offices, *Pierre Mertens*
P891. Mémoire d'éléphant, *António Lobo Antunes*
P892. L'Œil d'Ève, *Karin Fossum*
P893. La Croyance des voleurs, *Michel Chaillou*
P894. Les Trois Vies de Babe Ozouf, *Didier Decoin*
P895. L'Enfant de la mer de Chine, *Didier Decoin*
P896. Le Soleil et la Roue, *Rose Vincent*

P936. La Traversée de la nuit, *Geneviève de Gaulle Anthonioz*
P937. Le Métier à tisser, *Mohammed Dib*
P938. L'Homme aux sandales de caoutchouc, *Kateb Yacine*
P939. Le Petit Col des loups, *Maryline Desbiolles*
P940. Allah n'est pas obligé, *Ahmadou Kourouma*
P941. Veuves au maquillage, *Pierre Senges*
P942. La Dernière Neige, *Hubert Mingarelli*
P943. Requiem pour une huître, *Hubert Michel*
P944. Morgane, *Michel Rio*
P945. Oncle Petros et la Conjecture de Goldbach
*Apostolos Doxiadis*
P946. La Tempête, *Juan Manuel de Prada*
P947. Scènes de la vie d'un jeune garçon, *J.M. Coetzee*
P948. L'avenir vient de loin, *Jean-Noël Jeanneney*
P949. 1280 Âmes, *Jean-Bernard Pouy*
P950. Les Péchés des pères, *Lawrence Block*
P951. Les Enfants de fortune, *Jean-Marc Roberts*
P952. L'Incendie, *Mohammed Dib*
P953. Aventures, *Italo Calvino*
P954. Œuvres pré-posthumes, *Robert Musil*
P955. Sérénissime Assassinat, *Gabrielle Wittkop*
P956. L'Ami de mon père, *Frédéric Vitoux*
P957. Messaouda, *Abdelhak Serhane*
P958. La Croix et la Bannière, *William Boyd*
P959. Une voix dans la nuit, *Armistead Maupin*
P960. La Face cachée de la lune, *Martin Suter*
P961. Des villes dans la plaine, *Cormac McCarthy*
P962. L'Espace prend la forme de mon regard, *Hubert Reeves*
P963. L'Indispensable Petite Robe noire, *Lauren Henderson*
P964. Vieilles Dames en péril, *Margaret Yorke*
P965. Jeu de main, jeu de vilain, *Michelle Spring*
P966. Carlota Fainberg, *Antonio Muñoz Molina*
P967. Cette aveuglante absence de lumière, *Tahar Ben Jelloun*
P968. Manuel de peinture et de calligraphie, *José Saramago*
P969. Dans le nu de la vie, *Jean Hatzfeld*
P970. Lettres luthériennes, *Pier Paolo Pasolini*
P971. Les Morts de la Saint-Jean, *Henning Mankell*
P972. Ne zappez pas, c'est l'heure du crime, *Nancy Star*
P973. Connaissance de la douleur, *Carlo Emilio Gadda*
P974. Les Feux du Bengale, *Amitav Ghosh*
P975. Le Professeur et la Sirène
*Giuseppe Tomasi di Lampedusa*
P976. Éloge de la phobie, *Brigitte Aubert*
P977. L'Univers, les dieux, les hommes, *Jean-Pierre Vernant*
P978. Les Gardiens de la vérité, *Michael Collins*
P979. Jours de Kabylie, *Mouloud Feraoun*

P980. La Pianiste, *Elfriede Jelinek*
P981. L'homme qui savait tout, *Catherine David*
P982. La Musique d'une vie, *Andreï Makine*
P983. Un vieux cœur, *Bertrand Visage*
P984. Le Caméléon, *Andreï Kourkov*
P985. Le Bonheur en Provence, *Peter Mayle*
P986. Journal d'un tueur sentimental et autres récits *Luis Sepúlveda*
P987. Étoile de mère, *G. Zoë Garnett*
P988. Le Vent du plaisir, *Hervé Hamon*
P989. L'Envol des anges, *Michael Connelly*
P990. Noblesse oblige, *Donna Leon*
P991. Les Étoiles du Sud, *Julien Green*
P992. En avant comme avant !, *Michel Folco*
P993. Pour qui vous prenez-vous ?, *Geneviève Brisac*
P994. Les Aubes, *Linda Lê*
P995. Le Cimetière des bateaux sans nom *Arturo Pérez-Reverte*
P996. Un pur espion, *John le Carré*
P997. La Plus Belle Histoire des animaux, *Boris Cyrulnik, Jean-Pierre Digard, Pascal Picq, Karine-Lou Matignon*
P998. La Plus Belle Histoire de la Terre, *André Brahic, Paul Tapponnier, Lester R. Brown, Jacques Girardon*
P999. La Plus Belle Histoire des plantes, *Jean-Marie Pelt, Marcel Mazoyer, Théodore Monod, Jacques Girardon*
P1000. Le Monde de Sophie, *Jostein Gaarder*
P1001. Suave comme l'éternité, *George P. Pelecanos*
P1002. Cinq Mouches bleues, *Carmen Posadas*
P1003. Le Monstre, *Jonathan Kellerman*
P1004. À la trappe !, *Andrew Klavan*
P1005. Urgence, *Sara Paretsky*
P1006. Galindez, *Manuel Vázquez Montalbán*
P1007. Le Sanglot de l'homme blanc, *Pascal Bruckner*
P1008. La Vie sexuelle de Catherine M., *Catherine Millet*
P1009. La Fête des Anciens, *Pierre Mertens*
P1010. Une odeur de mantèque, *Mohammed Khaïr-Eddine*
P1011. N'oublie pas mes petits souliers, *Joseph Connolly*
P1012. Les Bonbons chinois, *Mian Mian*
P1013. Boulevard du Guinardó, *Juan Marsé*
P1014. Des lézards dans le ravin, *Juan Marsé*
P1015. Besoin de vélo, *Paul Fournel*
P1016. La Liste noire, *Alexandra Marinina*
P1017. La Longue Nuit du sans-sommeil, *Lawrence Block*
P1018. Perdre, *Pierre Mertens*
P1019. Les Exclus, *Elfriede Jelinek*
P1020. Putain, *Nelly Arcan*

P1021. La Route de Midland, *Arnaud Cathrine*
P1022. Le Fil de soie, *Michèle Gazier*
P1023. Paysages originels, *Olivier Rolin*
P1024. La Constance du jardinier, *John le Carré*
P1025. Ainsi vivent les morts, *Will Self*
P1026. Doux Carnage, *Toby Litt*
P1027. Le Principe d'humanité, *Jean-Claude Guillebaud*
P1028. Bleu, histoire d'une couleur, *Michel Pastoureau*
P1029. Speedway, *Philippe Thirault*
P1030. Les Os de Jupiter, *Faye Kellerman*
P1031. La Course au mouton sauvage, *Haruki Murakami*
P1032. Les Sept Plumes de l'aigle, *Henri Gougaud*
P1033. Arthur, *Michel Rio*
P1034. Hémisphère Nord, *Patrick Roegiers*
P1035. Disgrâce, *J.M. Coetzee*
P1036. L'Âge de fer, *J.M. Coetzee*
P1037. Les Sombres Feux du passé, *Chang-rae Lee*
P1038. Les Voix de la liberté, *Michel Winock*
P1039. Nucléaire Chaos, *Stéphanie Benson*
P1040. Bienheureux ceux qui ont soif…, *Anne Holt*
P1041. Le Marin à l'ancre, *Bernard Giraudeau*
P1042. L'Oiseau des ténèbres, *Michael Connelly*
P1043. Les Enfants des rues étroites, *Abdelhak Sehrane*
P1044. L'Île et Une nuit, *Daniel Maximin*
P1045. Bouquiner, *Annie François*
P1046. Nat Tate, *William Boyd*
P1047. Le Grand Roman indien, *Shashi Tharoor*
P1048. Les Lettres mauves, *Lawrence Block*
P1049. L'Imprécateur, *René-Victor Pilhes*
P1050. Le Stade de Wimbledon, *Daniele Del Giudice*
P1051. La Deuxième Gauche, *Hervé Hamon et Patrick Rotman*
P1052. La Tête en bas, *Noëlle Châtelet*
P1053. Le Jour de la cavalerie, *Hubert Mingarelli*
P1054. Le Violon noir, *Maxence Fermine*
P1055. Vita Brevis, *Jostein Gaarder*
P1056. Le Retour des caravelles, *António Lobo Antunes*
P1057. L'Enquête, *Juan José Saer*
P1058. Pierre Mendès France, *Jean Lacouture*
P1059. Le Mètre du monde, *Denis Guedj*
P1060. Mort d'une héroïne rouge, *Qiu Xiaolong*
P1061. Angle mort, *Sara Paretsky*
P1062. La Chambre d'écho, *Régine Detambel*
P1063. Madame Seyerling, *Didier Decoin*
P1064. L'Atlantique et les Amants, *Patrick Grainville*
P1065. Le Voyageur, *Alain Robbe-Grillet*
P1066. Le Chagrin des Belges, *Hugo Claus*

P1067. La Ballade de l'impossible, *Haruki Murakami*
P1068. Minoritaires, *Gérard Miller*
P1069. La Reine scélérate, *Chantal Thomas*
P1070. Trompe la mort, *Lawrence Block*
P1071. V'là aut' chose, *Nancy Star*
P1072. Jusqu'au dernier, *Deon Meyer*
P1073. Le Rire de l'ange, *Henri Gougaud*
P1074. L'Homme sans fusil, *Ysabelle Lacamp*
P1075. Le Théoriste, *Yves Pagès*
P1076. L'Artiste des dames, *Eduardo Mendoza*
P1077. Les Turbans de Venise, *Nedim Gürsel*
P1078. Zayni Barakat, *Ghamal Ghitany*
P1079. Éloge de l'amitié, ombre de la trahison
*Tahar Ben Jelloun*
P1080. La Nostalgie du possible. Sur Pessoa
*Antonio Tabucchi*
P1081. La Muraille invisible, *Henning Mankell*
P1082. Ad vitam aeternam, *Thierry Jonquet*
P1083. Six Mois au fond d'un bureau, *Laurent Laurent*
P1084. L'Ami du défunt, *Andreï Kourkov*
P1085. Aventures dans la France gourmande, *Peter Mayle*
P1086. Les Profanateurs, *Michael Collins*
P1087. L'Homme de ma vie, *Manuel Vázquez Montalbán*
P1088. Wonderland Avenue, *Michael Connelly*
P1089. L'Affaire Paola, *Donna Leon*
P1090. Nous n'irons plus au bal, *Michelle Spring*
P1091. Les Comptoirs du Sud, *Philippe Doumenc*
P1092. Foraine, *Paul Fournel*
P1093. Mère agitée, *Nathalie Azoulay*
P1094. Amanscale, *Maryline Desbiolles*
P1095. La Quatrième Main, *John Irving*
P1096. La Vie devant ses yeux, *Laura Kasischke*
P1097. Foe, *J.M. Coetzee*
P1098. Les Dix Commandements, *Marc-Alain Ouaknin*
P1099. Errance, *Raymond Depardon*
P1100. Dr la Mort, *Jonathan Kellerman*
P1101. Tatouage à la fraise, *Lauren Henderson*
P1102. La Frontière, *Patrick Bard*
P1103. La Naissance d'une famille, *T. Berry Brazelton*
P1104. Une mort secrète, *Richard Ford*
P1105. Blanc comme neige, *George P. Pelecanos*
P1106. Jours tranquilles à Belleville, *Thierry Jonquet*
P1107. Amants, *Catherine Guillebaud*
P1108. L'Or du roi, *Arturo Pérez-Reverte*
P1109. La Peau d'un lion, *Michael Ondaatje*
P1110. Funérarium, *Brigitte Aubert*

P1111. Requiem pour une ombre, *Andrew Klavan*
P1113. Tigre en papier, *Olivier Rolin*
P1114. Le Café Zimmermann, *Catherine Lépront*
P1115. Le Soir du chien, *Marie-Hélène Lafon*
P1116. Hamlet, pan, pan, pan, *Christophe Nicolas*
P1117. La Caverne, *José Saramago*
P1118. Un ami parfait, *Martin Suter*
P1119. Chang et Eng le double-garçon, *Darin Strauss*
P1120. Les Amantes, *Elfriede Jelinek*
P1121. L'Étoffe du diable, *Michel Pastoureau*
P1122. Meurtriers sans visage, *Henning Mankell*
P1123. Taxis noirs, *John McLaren*
P1124. La Revanche de Dieu, *Gilles Kepel*
P1125. À ton image, *Louise L. Lambrichs*
P1126. Les Corrections, *Jonathan Franzen*
P1127. Les Abeilles et la Guêpe, *François Maspero*
P1128. Les Adieux à la Reine, *Chantal Thomas*
P1129. Dondog, *Antoine Volodine*
P1130. La Maison Russie, *John le Carré*
P1131. Livre de chroniques, *António Lobo Antunes*
P1132. L'Europe en première ligne, *Pascal Lamy*
P1133. Les Nouveaux Maîtres du monde, *Jean Ziegler*
P1134. Tous des rats, *Barbara Seranella*
P1135. Des morts à la criée, *Ed Dee*
P1136. Allons voir plus loin, veux-tu ?, *Anny Duperey*
P1137. Les Papas et les Mamans, *Diastème*
P1138. Phantasia, *Abdelwahab Meddeb*
P1139. Métaphysique du chien, *Philippe Ségur*
P1140. Mosaïque, *Claude Delarue*
P1141. Dormir accompagné, *António Lobo Antunes*
P1142. Un monde ailleurs, *Stewart O'Nan*
P1143. Rocks Springs, *Richard Ford*
P1144. L'Ami de Vincent, *Jean-Marc Roberts*
P1145. La Fascination de l'étang, *Virginia Woolf*
P1146. Ne te retourne pas, *Karin Fossum*
P1147. Dragons, *Marie Desplechin*
P1148. La Médaille, *Lydie Salvayre*
P1149. Les Beaux Bruns, *Patrick Gourvennec*
P1150. Poids léger, *Olivier Adam*
P1151. Les Trapézistes et le Rat, *Alain Fleischer*
P1152. À livre ouvert, *William Boyd*
P1153. Péchés innombrables, *Richard Ford*
P1154. Une situation difficile, *Richard Ford*
P1155. L'éléphant s'évapore, *Haruki Murakami*
P1156. Un amour dangereux, *Ben Okri*
P1157. Le Siècle des communismes, *ouvrage collectif*

P1158. Funky Guns, *George P. Pelecanos*
P1159. Les Soldats de l'aube, *Deon Meyer*
P1160. Le Figuier, *François Maspero*
P1161. Les Passagers du Roissy-Express, *François Maspero*
P1162. Visa pour Shanghai, *Qiu Xiaolong*
P1163. Des dahlias rouge et mauve, *Frédéric Vitoux*
P1164. Il était une fois un vieux couple heureux
*Mohammed Khaïr-Eddine*
P1165. Toilette de chat, *Jean-Marc Roberts*
P1166. Catalina, *Florence Delay*
P1167. Nid d'hommes, *Lu Wenfu*
P1168. La Longue Attente, *Ha Jin*
P1169. Pour l'amour de Judith, *Meir Shalev*
P1170. L'Appel du couchant, *Gamal Ghitany*
P1171. Lettres de Drancy
P1172. Quand les parents se séparent, *Françoise Dolto*
P1173. Amours sorcières, *Tahar Ben Jelloun*
P1174. Sale Temps, *Sara Paretsky*
P1175. L'Ange du Bronx, *Ed Dee*
P1176. La Maison du désir, *France Huser*
P1177. Cytomégalovirus, *Hervé Guibert*
P1178. Les Treize Pas, *Mo Yan*
P1179. Le Pays de l'alcool, *Mo Yan*
P1180. Le Principe de Frédelle, *Agnès Desarthe*
P1181. Les Gauchers, *Yves Pagès*
P1182. Rimbaud en Abyssinie, *Alain Borer*
P1183. Tout est illuminé, *Jonathan Safran Foer*
P1184. L'Enfant zigzag, *David Grossman*
P1185. La Pierre de Rosette, *Robert Solé et Dominique Valbelle*
P1186. Le Maître de Pétersbourg, *J.M. Coetzee*
P1187. Les Chiens de Riga, *Henning Mankell*
P1188. Le Tueur, *Eraldo Baldini*
P1189. Un silence de fer, *Marcello Fois*
P1190. La Filière du jasmin, *Denise Hamilton*
P1191. Déportée en Sibérie, *Margarete Buber-Neumann*
P1192. Les Mystères de Buenos Aires, *Manuel Puig*
P1193. La Mort de la phalène, *Virginia Woolf*
P1194. Sionoco, *Leon de Winter*
P1195. Poèmes et Chansons, *Georges Brassens*
P1196. Innocente, *Dominique Souton*
P1197. Taking Lives/Destins violés, *Michael Pye*
P1198. Gang, *Toby Litt*
P1199. Elle est partie, *Catherine Guillebaud*
P1200. Le Luthier de Crémone, *Herbert Le Porrier*
P1201. Le Temps des déracinés, *Elie Wiesel*
P1202. Les Portes du sang, *Michel Del Castillo*

P1203. Featherstone, *Kirsty Gunn*
P1204. Un vrai crime pour livres d'enfants, *Chloe Hooper*
P1205. Les Vagabonds de la faim, *Tom Kromer*
P1206. Mister Candid, *Jules Hardy*
P1207. Déchaînée, *Lauren Henderson*
P1208. Hypnose mode d'emploi, *Gérard Miller*
P1209. Corse, *Jean-Noël Pancrazi et Raymond Depardon*
P1210. Le Dernier Viking, *Patrick Grainville*
P1211. Charles et Camille, *Frédéric Vitoux*
P1212. Siloé, *Paul Gadenne*
P1213. Bob Marley, *Stephen Davies*
P1214. Ça ne peut plus durer, *Joseph Connolly*
P1215. Tombe la pluie, *Andrew Klavan*
P1216. Quatre Soldats, *Hubert Mingarelli*
P1217. Les Cheveux de Bérénice, *Denis Guedj*
P1218. Les Garçons d'en face, *Michèle Gazier*
P1219. Talion, *Christian de Montella*
P1220. Les Images, *Alain Rémond*
P1221. La Reine du Sud, *Arturo Pérez-Reverte*
P1222. Vieille Menteuse, *Anne Fine*
P1223. Danse, danse, danse, *Haruki Murakami*
P1224. Le Vagabond de Holmby Park, *Herbert Lieberman*
P1225. Des amis haut placés, *Donna Leon*
P1226. Tableaux d'une ex, *Jean-Luc Benoziglio*
P1227. La Compagnie, le grand roman de la CIA, *Robert Little*
P1228. Chair et Sang, *Jonathan Kellerman*
P1230. Darling Lilly, *Michael Connelly*
P1231. Les Tortues de Zanzibar, *Giles Foden*
P1232. Il a fait l'idiot à la chapelle !, *Daniel Auteuil*
P1233. Lewis & Alice, *Didier Decoin*
P1234. Dialogue avec mon jardinier, *Henri Cueco*
P1235. L'Émeute, *Shashi Tharoor*
P1236. Le Palais des Miroirs, *Amitav Ghosh*
P1237. La Mémoire du corps, *Shauna Singh Baldwin*
P1238. Middlesex, *Jeffrey Eugenides*
P1239. Je suis mort hier, *Alexandra Marinina*
P1240. Cendrillon, mon amour, *Lawrence Block*
P1241. L'Inconnue de Baltimore, *Laura Lippman*
P1242. Berlinale Blitz, *Stéphanie Benson*
P1243. Abattoir 5, *Kurt Vonnegut*
P1244. Catalogue des idées reçues sur la langue
*Marina Yaguello*
P1245. Tout se paye, *George P. Pelecanos*
P1246. Autoportrait à l'ouvre-boîte, *Philippe Ségur*
P1247. Tout s'avale, *Hubert Michel*
P1248. Quand on aime son bourreau, *Jim Lewis*

P1249. Tempête de glace, *Rick Moody*
P1250. Dernières Nouvelles du bourbier, *Alexandre Ikonnikov*
P1251. Le Rameau brisé, *Jonathan Kellerman*
P1252. Passage à l'ennemie, *Lydie Salvayre*
P1253. Une saison de machettes, *Jean Hatzfeld*
P1254. Le Goût de l'avenir, *Jean-Claude Guillebaud*
P1255. L'Étoile d'Alger, *Aziz Chouaki*
P1256. Cartel en tête, *John McLaren*
P1257. Sans penser à mal, *Barbara Seranella*
P1258. Tsili, *Aharon Appelfeld*
P1259. Le Temps des prodiges, *Aharon Appelfeld*
P1260. Ruines-de-Rome, *Pierre Sengès*
P1261. La Beauté des loutres, *Hubert Mingarelli*
P1262. La Fin de tout, *Jay McInerney*
P1263. Jeanne et les siens, *Michel Winock*
P1264. Les Chats mots, *Anny Duperey*
P1265. Quand j'avais cinq ans, je m'ai tué, *Howard Buten*
P1266. Vers l'âge d'homme, *J.M. Coetzee*
P1267. L'Invention de Paris, *Eric Hazan*
P1268. Chroniques de l'oiseau à ressort, *Haruki Murakami*
P1269. En crabe, *Günter Grass*
P1270. Mon père, ce harki, *Dalila Kerchouche*
P1271. Lumière morte, *Michael Connelly*
P1272. Détonations rapprochées, *C.J. Box*
P1273. Lorsque la nature parlait aux Égyptiens
*Christiane Desroches Noblecourt*
P1274. Les réquisitoires du Tribunal des Flagrants Délires 1
*Pierre Desproges*
P1275. Les réquisitoires du Le Tribunal des Flagrants Délires 2
*Pierre Desproges*
P1276. Un amant naïf et sentimental, *John le Carré*
P1277. Fragiles, *Philippe Delerm et Martine Delerm*
P1278. La Chambre blanche, *Christine Jordis*
P1279. Adieu la vie, adieu l'amour, *Juan Marsé*
P1280. N'entre pas si vite dans cette nuit noire
*António Lobo Antunes*
P1281. L'Évangile selon saint Loubard, *Guy Gilbert*
P1282. La femme qui attendait, *Andreï Makine*
P1283. Les Candidats, *Yun Sun Limet*
P1284. Petit Traité de désinvolture, *Denis Grozdanovitch*
P1285. Personne, *Linda Lê*
P1286. Sur la photo, *Marie-Hélène Lafon*
P1287. Le Mal du pays, *Patrick Roegiers*
P1288. Politique, *Adam Thirlwell*
P1289. Érec et Énide, *Manuel Vázquez Montalbán*
P1290. La Dormeuse de Naples, *Adrien Goetz*

P1291. Le croque-mort a la vie dure, *Tim Cockey*
P1292. Pretty Boy, *Lauren Henderson*
P1293. La Vie sexuelle en France, *Janine Mossuz-Lavau*
P1294. Souvenirs obscurs d'un Juif polonais né en France
*Pierre Goldman*
P1295. Dans l'alcool, *Thierry Vimal*
P1296. Le Monument, *Claude Duneton*
P1297. Mon nerf, *Rachid Djaïdani*
P1298. Plutôt mourir, *Marcello Fois*
P1299. Les pingouins n'ont jamais froid, *Andreï Kourkov*
P1300. La Mitrailleuse d'argile, *Viktor Pelevine*
P1301. Un été à Baden-Baden, *Leonid Tsypkin*
P1302. Hasard des maux, *Kate Jennings*
P1303. Le Temps des erreurs, *Mohammed Choukri*
P1304. Boumkœur, *Rachid Djaïdani*
P1305. Vodka-Cola, *Irina Denejkina*
P1306. La Lionne blanche, *Henning Mankell*
P1307. Le Styliste, *Alexandra Marinina*
P1308. Pas d'erreur sur la personne, *Ed Dee*
P1309. Le Casseur, *Walter Mosley*
P1310. Le Dernier Ami, *Tahar Ben Jelloun*
P1311. La Joie d'Aurélie, *Patrick Grainville*
P1312. L'Aîné des orphelins, *Tierno Monénembo*
P1313. Le Marteau pique-cœur, *Azouz Begag*
P1314. Les Âmes perdues, *Michael Collins*
P1315. Écrits fantômes, *David Mitchell*
P1316. Le Nageur, *Zsuzsa Bánk*
P1317. Quelqu'un avec qui courir, *David Grossman*
P1318. L'Attrapeur d'ombres, *Patrick Bard*
P1319. Venin, *Saneh Sangsuk*
P1320. Le Gone du Chaâba, *Azouz Begag*
P1321. Béni ou le paradis privé, *Azouz Begag*
P1322. Mésaventures du Paradis
*Erik Orsenna et Bernard Matussière*
P1323. L'Âme au poing, *Patrick Rotman*
P1324. Comedia Infantil, *Henning Mankell*
P1325. Niagara, *Jane Urquhart*
P1326. Une amitié absolue, *John le Carré*
P1327. Le Fils du vent, *Henning Mankell*
P1328. Le Témoin du mensonge, *Mylène Dressler*
P1329. Pelle le Conquérant 1, *Martin Andersen Nexø*
P1330. Pelle le Conquérant 2, *Martin Andersen Nexø*
P1331. Mortes-Eaux, *Donna Leon*
P1332. Déviances mortelles, *Chris Mooney*
P1333. Les Naufragés du Batavia, *Simon Leys*
P1334. L'Amandière, *Simonetta Agnello Hornby*

P1335. C'est en hiver que les jours rallongent, *Joseph Bialot*
P1336. Cours sur la rive sauvage, *Mohammed Dib*
P1337. Hommes sans mère, *Hubert Mingarelli*
P1338. Reproduction non autorisée, *Marc Vilrouge*
P1339. S.O.S., *Joseph Connolly*
P1340. Sous la peau, *Michel Faber*
P1341. Dorian, *Will Self*
P1342. Le Cadeau, *David Flusfeder*
P1343. Le Dernier Voyage d'Horatio II, *Eduardo Mendoza*
P1344. Mon vieux, *Thierry Jonquet*
P1345. Lendemains de terreur, *Lawrence Block*
P1346. Déni de justice, *Andrew Klavan*
P1347. Brûlé, *Leonard Chang*
P1348. Montesquieu, *Jean Lacouture*
P1349. Stendhal, *Jean Lacouture*
P1350. Le Collectionneur de collections, *Henri Cueco*
P1351. Camping, *Abdelkader Djemaï*
P1352. Janice Winter, *Rose-Marie Pagnard*
P1353. La Jalousie des fleurs, *Ysabelle Lacamp*
P1354. Ma vie, son œuvre, *Jacques-Pierre Amette*
P1355. Lila, Lila, *Martin Suter*
P1356. Un amour de jeunesse, *Ann Packer*
P1357. Mirages du Sud, *Nedim Gürsel*
P1358. Marguerite et les Enragés
*Jean-Claude Lattès et Éric Deschodt*
P1359. Los Angeles River, *Michael Connelly*
P1360. Refus de mémoire, *Sarah Paretsky*
P1361. Petite Musique de meurtre, *Laura Lippman*
P1362. Le Cœur sous le rouleau compresseur, *Howard Buten*
P1363. L'Anniversaire, *Mouloud Feraoun*
P1364. Passer l'hiver, *Olivier Adam*
P1365. L'Infamille, *Christophe Honoré*
P1366. La Douceur, *Christophe Honoré*
P1367. Des gens du monde, *Catherine Lépront*
P1368. Vent en rafales, *Taslima Nasreen*
P1369. Terres de crépuscule, *J.M. Coetzee*
P1370. Lizka et ses hommes, *Alexandre Ikonnikov*
P1371. Le Châle, *Cynthia Ozick*
P1372. L'Affaire du Dahlia noir, *Steve Hodel*
P1373. Premières Armes, *Faye Kellerman*
P1374. Onze Jours, *Donald Harstad*
P1375. Le croque-mort préfère la bière, *Tim Cockey*
P1376. Le Messie de Stockholm, *Cynthia Ozick*
P1377. Quand on refuse on dit non, *Ahmadou Kourouma*
P1378. Une vie française, *Jean-Paul Dubois*
P1379. Une année sous silence, *Jean-Paul Dubois*

P1380. La Dernière Leçon, *Noëlle Châtelet*
P1381. Folle, *Nelly Arcan*
P1382. La Hache et le Violon, *Alain Fleischer*
P1383. Vive la sociale !, *Gérard Mordillat*
P1384. Histoire d'une vie, *Aharon Appelfeld*
P1385. L'Immortel Bartfuss, *Aharon Appelfeld*
P1386. Beaux seins, belles fesses, *Mo Yan*
P1387. Séfarade, *Antonio Muñoz Molina*
P1388. Le Gentilhomme au pourpoint jaune
*Arturo Pérez Reverte*
P1389. Ponton à la dérive, *Daniel Katz*
P1390. La Fille du directeur de cirque, *Jostein Gaarder*
P1391. Pelle le Conquérant 3, *Martin Andersen Nexø*
P1392. Pelle le Conquérant 4, *Martin Andersen Nexø*
P1393. Soul Circus, *George P. Pelecanos*
P1394. La Mort au fond du canyon, *C.J. Box*
P1395. Recherchée, *Karin Alvtegen*
P1396. Disparitions à la chaîne, *Åke Smedberg*
P1397. Bardo or not bardo, *Antoine Volodine*
P1398. La Vingt-Septième Ville, *Jonathan Franzen*
P1399. Pluie, *Kirsty Gunn*
P1400. La Mort de Carlos Gardel, *António Lobo Antunes*
P1401. La Meilleure Façon de grandir, *Meir Shalev*
P1402. Les Plus Beaux Contes zen, *Henri Brunel*
P1403. Le Sang du monde, *Catherine Clément*
P1404. Poétique de l'égorgeur, *Philippe Ségur*
P1405 La Proie des âmes, *Matt Ruff*
P1406. La Vie invisible, *Juan Manuel de Prada*
P1407. Qu'elle repose en paix, *Jonathan Kellerman*
P1408. Le Croque-mort à tombeau ouvert, *Tim Cockey*
P1409. La Ferme des corps, *Bill Bass*
P1410. Le Passeport, *Azouz Begag*
P1411. La station Saint-Martin est fermée au public
*Joseph Bialot*
P1412. L'Intégration, *Azouz Begag*
P1413. La Géométrie des sentiments, *Patrick Roegiers*
P1414. L'Âme du chasseur, *Deon Meyer*
P1415. La Promenade des délices, *Mercedes Deambrosis*
P1416. Un après-midi avec Rock Hudson
*Mercedes Deambrosis*
P1417. Ne gênez pas le bourreau, *Alexandra Marinina*
P1418. Verre cassé, *Alain Mabanckou*
P1419. African Psycho, *Alain Mabanckou*
P1420. Le Nez sur la vitre, *Abdelkader Djemaï*
P1421. Gare du Nord, *Abdelkader Djemaï*
P1422. Le Chercheur d'Afriques, *Henri Lopes*

P1423. La Rumeur d'Aquitaine, *Jean Lacouture*
P1424. Une soirée, *Anny Duperey*
P1425. Un saut dans le vide, *Ed Dee*
P1426. En l'absence de Blanca, *Antonio Muñoz Molina*
P1427. La Plus Belle Histoire du bonheur, *collectif*
P1429. Comment c'était. Souvenirs sur Samuel Beckett
*Anne Atik*
P1430. Suite à l'hôtel Crystal, *Olivier Rolin*
P1431. Le Bon Serviteur, *Carmen Posadas*
P1432. Traité de savoir-vivre à l'usage des jeunes Russes
*Gary Shteyngart*
P1433. C'est égal, *Agota Kristof*
P1434. Le Nombril des femmes, *Dominique Quessada*
P1435. L'Enfant à la luge, *Chris Mooney*
P1436. Encres de Chine, *Qiu Xiaolong*
P1437. Enquête de mor(t)alité, *Gene Riehl*
P1438. Le Château du roi dragon. La Saga du roi dragon I
*Stephen Lawhead*
P1439. Les Armes des Garamont. La Malerune I
*Pierre Grimbert*
P1440. Le Prince déchu. Les Enfants de l'Atlantide I
*Bernard Simonay*
P1441. Le Voyage d'Hawkwood. Les Monarchies divines I
*Paul Kearney*
P1442. Un trône pour Hadon. Le Cycle d'Opar I
*Philip-José Farmer*
P1443. Fendragon, *Barbara Hambly*
P1444. Les Brigands de la forêt de Skule, *Kerstin Ekman*
P1445. L'Abîme, *John Crowley*
P1446. Œuvre poétique, *Léopold Sédar Senghor*
P1447. Cadastre, *suivi de* Moi, Laminaire..., *Aimé Césaire*
P1448. La Terre vaine et autres poèmes, *Thomas Stearns Eliot*
P1449. Le Reste du voyage et autres poèmes, *Bernard Noël*
P1450. Haïkus, *anthologie*
P1451. L'homme qui souriait, *Henning Mankell*
P1452. Une question d'honneur, *Donna Leon*
P1453. Little Scarlet, *Walter Mosley*
P1454. Elizabeth Costello, *J.M. Coetzee*
P1455. Le maître a de plus en plus d'humour, *Mo Yan*
P1456. La Femme sur la plage avec un chien, *William Boyd*
P1457. Accusé Chirac, levez-vous !, *Denis Jeambar*
P1458. Sisyphe, roi de Corinthe, Le Châtiment des Dieux I
*François Rachline*
P1459. Le Voyage d'Anna, *Henri Gougaud*
P1460. Le Hussard, *Arturo Pérez-Reverte*
P1461. Les Amants de pierre, *Jane Urquhart*

P1462. Corcovado, *Jean-Paul Delfino*
P1463. Hadon, le guerrier. Le Cycle d'Opar II
*Philip José Farmer*
P1464. Maîtresse du Chaos. La Saga de Raven I
*Robert Holdstock et Angus Wells*
P1465. La Sève et le Givre, *Léa Silhol*
P1466. Élégies de Duino *suivi de* Sonnets à Orphée
*Rainer Maria Rilke*
P1467. Rilke, *Philippe Jaccottet*
P1468. C'était mieux avant, *Howard Buten*
P1469. Portrait du Gulf Stream, *Érik Orsenna*
P1470. La Vie sauve, *Lydie Violet et Marie Desplechin*
P1471. Chicken Street, *Amanda Sthers*
P1472. Polococktail Party, *Dorota Maslowska*
P1473. Football factory, *John King*
P1474. Une petite ville en Allemagne, *John le Carré*
P1475. Le Miroir aux espions, *John le Carré*
P1476. Deuil interdit, *Michael Connelly*
P1477. Le Dernier Testament, *Philip Le Roy*
P1478. Justice imminente, *Jilliane Hoffman*
P1479. Ce cher Dexter, *Jeff Lindsay*
P1480. Le Corps noir, *Dominique Manotti*
P1481. Improbable, *Adam Fawer*
P1482. Les Rois hérétiques, Les Monarchies divines II
*Paul Kearney*
P1483. L'Archipel du soleil, Les Enfants de l'Atlantide II
*Bernard Simonay*
P1484. Code Da Vinci : l'enquête
*Marie-France Etchegoin et Frédéric Lenoir*
P1485. L.A. Confidentiel : les secrets de Lance Armstrong
*Pierre Ballester et David Walsh*
P1486. Maria est morte, *Jean-Paul Dubois*
P1487. Vous aurez de mes nouvelles, *Jean-Paul Dubois*
P1488. Un pas de plus, *Marie Desplechin*
P1489. D'excellente famille, *Laurence Deflassieux*
P1490. Une femme normale, *Émilie Frèche*
P1491. La Dernière Nuit, *Marie-Ange Guillaume*
P1492. Le Sommeil des poissons, *Véronique Ovaldé*
P1493. La Dernière Note, *Jonathan Kellerman*
P1494. La Cité des jarres, *Arnaldur Indridason*
P1495. Électre à La Havane, *Leonardo Padura*
P1496. Le croque-mort est bon vivant, *Tim Cockey*
P1497. Le Cambrioleur en maraude, *Lawrence Block*
P1498. L'Araignée d'émeraude, La Saga de Raven II
*Robert Holdstock et Angus Wells*
P1499. Faucon de mai, *Gillian Bradshaw*

P1500. La Tante marquise, *Simonetta Agnello Hornby*
P1501. Anita, *Alicia Dujovne Ortiz*
P1502. Mexico City Blues, *Jack Kerouac*
P1503. Poésie verticale, *Roberto Juarroz*
P1506. Histoire de Rofo, Clown, *Howard Buten*
P1507. Manuel à l'usage des enfants qui ont des parents difficiles *Jeanne Van den Brouk*
P1508. La Jeune Fille au balcon, *Leïla Sebbar*
P1509. Zenzela, *Azouz Begag*
P1510. La Rébellion, *Joseph Roth*
P1511. Falaises, *Olivier Adam*
P1512. Webcam, *Adrien Goetz*
P1513. La Méthode Mila, *Lydie Salvayre*
P1514. Blonde abrasive, *Christophe Paviot*
P1515. Les Petits-Fils nègres de Vercingétorix, *Alain Mabanckou*
P1516. 107 ans, *Diastème*
P1517. La Vie magnétique, *Jean-Hubert Gailliot*
P1518. Solos d'amour, *John Updike*
P1519. Les Chutes, *Joyce Carol Oates*
P1520. Well, *Matthieu McIntosh*
P1521. À la recherche du voile noir, *Rick Moody*
P1522. Train, *Pete Dexter*
P1523. Avidité, *Elfriede Jelinek*
P1524. Retour dans la neige, *Robert Walser*
P1525. La Faim de Hoffman, *Leon de Winter*
P1526. Marie-Antoinette, La Naissance d'une reine. Lettres choisies, *Évelyne Lever*
P1527. Les Petits Verlaine *suivi de* Samedi, dimanche et fêtes *Jean-Marc Roberts*
P1528. Les Seigneurs de guerre de Nin. La Saga du roi dragon II *Stephen Lawhead*
P1529. Le Dire des Sylfes. La Malerune II *Michel Robert et Pierre Grimbert*
P1530. Le Dieu de glace. La Saga de Raven III *Robert Holdstock et Angus Wells*
P1531. Un bon cru, *Peter Mayle*
P1532. Confessions d'un boulanger, *Peter Mayle et Gérard Auzet*
P1533. Un poisson hors de l'eau, *Bernard Comment*
P1534. Histoire de la Grande Maison, *Charif Majdalani*
P1535. La Partie belle *suivi de* La Comédie légère *Jean-Marc Roberts*
P1536. Le Bonheur obligatoire, *Norman Manea*
P1537. Les Larmes de ma mère, *Michel Layaz*
P1538. Tant qu'il y aura des élèves, *Hervé Hamon*
P1539. Avant le gel, *Henning Mankell*
P1540. Code 10, *Donald Harstad*

P1541. Les Nouvelles Enquêtes du juge Ti, vol. 1
Le Château du lac Tchou-An, *Frédéric Lenormand*
P1542. Les Nouvelles Enquêtes du juge Ti, vol. 2
La Nuit des juges, *Frédéric Lenormand*
P1543. Que faire des crétins ? Les perles du Grand Larousse
*Pierre Enckell et Pierre Larousse*
P1544. Motamorphoses. À chaque mot son histoire
*Daniel Brandy*
P1545. L'habit ne fait pas le moine. Petite histoire des expressions
*Gilles Henry*
P1546. Petit Fictionnaire illustré. Les mots qui manquent au dico
*Alain Finkielkraut*
P1547. Le Pluriel de bric-à-brac et autres difficultés
de la langue française, *Irène Nouailhac*
P1548. Un bouquin n'est pas un livre. Les nuances des synonymes
*Rémi Bertrand*
P1549. Sans nouvelles de Gurb, *Eduardo Mendoza*
P1550. Le Dernier Amour du président, *Andreï Kourkov*
P1551. L'Amour soudain, *Aharon Appelfeld*
P1552. Nos plus beaux souvenirs, *Stewart O'Nan*
P1553. Saint-Sépulcre !, *Patrick Besson*
P1554. L'Autre comme moi, *José Saramago*
P1555. Pourquoi Mitterrand ?, *Pierre Joxe*
P1556. Pas si fous ces Français !
*Jean-Benoît Nadeau et Julie Barlow*
P1557. La Colline des Anges
*Jean-Claude Guillebaud et Raymond Depardon*
P1558. La Solitude heureuse du voyageur
*précédé de* Notes, *Raymond Depardon*
P1559. Hard Revolution, *George P. Pelecanos*
P1560. La Morsure du lézard, *Kirk Mitchell*
P1561. Winterkill, *C.J. Box*
P1562. La Morsure du dragon, *Jean-François Susbielle*
P1563. Rituels sanglants, *Craig Russell*
P1564. Les Écorchés, *Peter Moore Smith*
P1565. Le Crépuscule des géants. Les Enfants de l'Atlantide III
*Bernard Simonay*
P1566. Aara. Aradia I, *Tanith Lee*
P1567. Les Guerres de fer. Les Monarchies divines III
*Paul Kearney*
P1568. La Rose pourpre et le Lys, tome 1, *Michel Faber*
P1569. La Rose pourpre et le Lys, tome 2, *Michel Faber*
P1570. Sarnia, *G.B. Edwards*
P1571. Saint-Cyr/La Maison d'Esther, *Yves Dangerfield*
P1572. Renverse du souffle, *Paul Celan*
P1573. Pour un tombeau d'Anatole, *Stéphane Mallarmé*

P1574. 95 Poèmes, *E.E. Cummings*
P1575. Le Dico des mots croisés, *Michel Laclos*
P1576. Les deux font la paire, *Patrice Louis*
P1577. Le Petit Manuel du français maltraité, *Pierre Bénard*
P1578. L'Avortement, *Richard Brautigan*
P1579. Les Braban, *Patrick Besson*
P1580. Le Sac à main, *Marie Desplechin*
P1581. Nouvelles du monde entier, *Vincent Ravalec*
P1582. Le Sens de l'arnaque, *James Swain*
P1583. L'Automne à Cuba, *Leonardo Padura*
P1584. Le Glaive et la flamme. La Saga du roi dragon III
*Stephen Lawhead*
P1585. La Belle Arcane. La Malerune III
*Michel Robert et Pierre Grimbert*
P1586. Femme en costume de bataille, *Antonio Benitez-Rojo*
P1587. Le Cavalier de l'Olympe. Le Châtiment des Dieux II
*François Rachline*
P1588. Le Pas de l'ourse, *Douglas Glover*
P1589. Lignes de fond, *Neil Jordan*
P1590. Monsieur Butterfly, *Howard Buten*
P1591. Parfois je ris tout seul, *Jean-Paul Dubois*
P1592. Sang impur, *Hugo Hamilton*
P1593. Le Musée de la sirène, *Cypora Petitjean-Cerf*
P1594. Histoire de la gauche caviar, *Laurent Joffrin*
P1595. Les Enfants de chœur (Little children), *Tom Perrotta*
P1596. Les Femmes politiques, *Laure Adler*
P1597. La Preuve par le sang, *Jonathan Kellerman*
P1598. La Femme en vert, *Arnaldur Indridason*
P1599. Le Che s'est suicidé, *Petros Markaris*
P1600. Les Nouvelles Enquêtes du juge Ti, vol. 3
Le Palais des Courtisanes, *Frédéric Lenormand*
P1601. Trahie, *Karin Alvtegen*
P1602. Les Requins de Trieste, *Veit Heinichen*
P1603. Pour adultes seulement, *Philip Le Roy*
P1604. Offre publique d'assassinat, *Stephen W. Frey*
P1605. L'Heure du Châtiment, *Eileen Dreyer*
P1606. Aden, *Anne-Marie Garat*
P1607. Histoire secrète du Mossad, *Gordon Thomas*
P1608. La Guerre du paradis. Le Chant d'Albion I
*Stephen Lawhead*
P1609. La Terre des morts. Les Enfants de l'Atlantide IV
*Bernard Simonay*
P1610. Aradia 2, Thenser, *Tanith Lee*
P1611. Le Petit livre des gros calins, *Kathleen Keating*
P1612. Un soir de décembre, *Delphine de Vigan*
P1613. L'Amour foudre, *Henri Gougaud*